13,95

D1349742

OP WEG NAAR HUIS

Voor
Mercy Maliro
en
Bastiaan

Jan Michael

Op weg naar huis

Vertaling: Anne-Marieke Buijs

Lemniscaat  Rotterdam

© Nederlandse vertaling Anne-Marieke Buijs 2007
Omslagontwerp: Marleen Verhulst
Omslagfoto: © Frans Lemmens / Getty Images
Nederlandse rechten Lemniscaat b.v. Rotterdam 2007
ISBN 978 90 5637 983 4
Copyright © 2007 Jan Michael
Oorspronkelijke titel: *Leaving Home*

Druk: Drukkerij C. Haasbeek b.v., Alphen aan den Rijn
Bindwerk: Boekbinderij De Ruiter, Zwolle

Dit boek is gedrukt op milieuvriendelijk, chloorvrij gebleekt en verouderingsbestendig papier en geproduceerd in de Benelux waardoor onnodig milieuverontreinigend transport is vermeden.

1

Een diep gat gaapte aan Sams voeten. De geur van pas omgespitte aarde steeg op uit de kuil en omhulde hem, vochtig, koel en muf. Aan de rechterkant lag een berg bloedrode Afrikaanse aarde te drogen in de middaghitte. Sam haalde diep en beverig adem.

Rondom hem zaten mensen op de grond. Sommigen zaten net als hij onder het groepje bomen aan het hoofdeinde van het graf. Naast hem begon een vrouw te zingen; haar stem klonk laag en zacht. Een tweede vrouw viel in, een derde, toen een man, en nog een, tot Sam omgeven werd door gezang. Het weerklonk in de bomen en tussen de graven.

Sam zong niet; hij deed niet eens zijn mond open. Hij staarde naar zijn voeten. Hij droeg de sneakers die zijn moeder hem acht maanden geleden voor zijn verjaardag had gegeven. Ze waren voor speciale gelegenheden, had ze gezegd. Hij had een stille eed afgelegd bij het houten beeld van een hurkende man, dat al zolang hij zich kon herinneren in de hoek van zijn kamer stond. 'Ik zal ze niet dragen,' had hij gezegd, terwijl hij op zijn hurken voor het beeld ging zitten, 'niet totdat ze minder hoest.' Elke avond had hij de schoenen uit de doos genomen en het nieuwe leer gestreeld voordat hij ze weer terugzette in het donker onder zijn bed. Hij had zijn belofte gehouden – behalve die ene keer toen hij ze had aangetrokken en vanuit zijn kamer de woonkamer was ingelopen om in het donker van de flitsende lichtjes te kunnen genieten, maar dat telde niet.

Hij kromp in elkaar. Hij had ze sindsdien niet meer aangehad, tot nu dan. Haar hoest was erger geworden. Nu droeg hij ze ter ere van haar. Acht maanden geleden waren ze hem zelfs nog te groot geweest. 'Zo gaan ze nog een tijdje mee,' had ze gezegd. De schoenen wel, maar zij niet.

Nu pasten ze hem. Ze waren helderblauw en rode lichtjes flitsten rond de hakken als hij bewoog. Als hij ernaar staarde, hoefde hij niet in die lege kuil te kijken. Als hij ernaar staarde, ging hij misschien niet huilen. Als hij eerder speciale gelegenheden had verzonnen en ze toen had gedragen in plaats van te wachten, zou ze dan nu nog leven?

Naast hem manoeuvreerden vier mannen grommend van inspanning een grote lange houten kist boven het gat. Ze begonnen hem op dikke touwen neer te laten, de aarde in.

Sam zag hoe een straal heet zonlicht door het bladerdak boven hen drong en het gepolijste oppervlak van de doodskist raakte, waardoor die flitste en blonk.

'Ik ben de opstanding en het leven.
Wie in mij gelooft zal leven,
zelfs wanneer hij sterft…'

las de dominee op luide toon voor uit zijn kleine zwarte boek.

De kist schommelde en botste tegen de zijkant van de kuil, waardoor hij er schuin in bleef steken. Een van de mannen stampte ertegen. De kist bewoog wat, maar niet genoeg. Een andere man stampte, en de andere drie schoven en duwden. Eindelijk raakte de kist los en ging weer naar beneden, sneller nu.

Sam staarde naar de grepen aan de zijkant van de kist, die zakte en zakte, steeds verder van hem vandaan.

Zijn moeder lag daarin. Zijn amai.

Een enorme, gesmoorde snik kwam in hem omhoog. Zijn keel kneep dicht; bloed raasde naar zijn hoofd. Amai! De tranen sprongen hem in de ogen; ze rolden over zijn wangen alsof ze niet snel genoeg weg konden komen.

Meneer Gunya, de neef van zijn vader, was aan het woord, maar Sam luisterde niet. Hij moest er weer aan denken hoe Amai had gezegd dat hij de sneakers bij speciale gelegenheden aan mocht. Dit had ze niet bedoeld. Ze had een taart voor hem gebakken, met groen glazuur erop bij wijze van voetbalveld en witte markeringen en een doeltje aan elke kant. Zijn vrienden waren op zondag langsgekomen maar hij was pas de volgende dag, maandag, echt jarig geweest en toen hij thuiskwam uit school had ze op hem zitten wachten met die taart en zijn cadeau. Ze was zo mooi. Ze was ook dunner geworden. Ze had gezegd dat het in de mode was om slank te zijn, net als in die Europese tijdschriften die ze af en toe kocht om zichzelf te verwennen. Hij herinnerde zich dat haar ogen hadden geschitterd. Maar ze was steeds dunner geworden, en steeds zwakker. Ten slotte was ze nauwelijks haar bed nog uitgekomen en toen was ze doodgegaan.

'Onze zuster Martha is aan haar reis begonnen...' Iedereen was stil. Ze luisterden naar de dominee in zijn lange gewaad.

Hoe kon Amai nu op reis gaan?

Hoe kon Amai nu in die kist liggen?

Sam had haar zien sterven, hij was erbij geweest, hij was bij haar geweest. Hij had geweten dat De Ziekte haar verzwakt had en dat ze gestorven was door het hoesten. Dat had ze hem uitgelegd. En hij had het drie jaar eerder ook al met zijn vader meegemaakt.

Maar wat was dood? Zo was ze nog zijn amai: ze hoestte, ze ademde, ze leefde. En zo hield ze op met ademhalen en kon je zien dat het leven weg was, dat *zij* weg was. Pfff! Zomaar. Weggeblazen. Verdwenen. Haar lichaam was er nog, het werd kouder en stijver, maar dat was niet Amai, dat was niet zijn amai. Het was een leeg omhulsel. Dus waar was Amai? Ze was ontsnapt, had hem in de steek gelaten.

Mensen gingen staan en kwamen dichterbij. Een vrouw stootte Sam zachtjes aan. 'Je moet er wat aarde op gooien.'
Sam keek haar niet-begrijpend aan.
'De aarde. Daar, aan de zijkant. We wachten op jou.'
Gehoorzaam boog hij zich naar de berg aarde, maar hij was het niet echt die de warme aarde voelde. Hij was het niet echt die er een handjevol van nam. Het was niet echt Sam die vanaf de rand van het gat de aarde over de kist uitstrooide en op de houten dek-sel hoorde vallen met het geroffel van een beginnende regenbui. Dat was een andere Sam.
De mannen die de kist in de grond hadden laten zakken, zetten nu hun spaden in de aarde en lieten die op het hout kletteren, schep na schep. Ze werkten hard, hun armen en schouders glommen van het zweet. Ze gingen door totdat een berg aarde de plek bedekte waar eerst het gat was geweest, de kist waar Amai in lag, waar Amais lichaam in lag.
Iedereen zong nog een hymne.
Handen reikten uit en gooiden bloemen en kransen totdat de berg bedekt was met roze en rood en paars.

'Geef ons nu de kracht te leven
in afwachting van de opstanding
en laat ons verbonden blijven met onze dierbaren…'

Iedereen boog het hoofd terwijl de dominee hen weer voorging in een gebed.
Sam staarde naar de bloemen, waarvan de blaadjes al begonnen te verwelken in de middaghitte.
Daar lag Amai niet onder. Ze lag niet in dat gat. Dat kon toch niet?

2

'Sam moet naar het weeshuis.'

Sam, met zijn oor tegen de andere kant van de deur gedrukt, herkende de stem. Het was meneer Gunya, de neef van Sams vader. Hij sprak altijd luid en langzaam om er zeker van te zijn dat iedereen naar hem luisterde. Sam zag hem al voor zich, zijn buik gewichtig naar voren terwijl hij zijn betoog hield.

Meneer Gunya was advocaat. Een grote man waar je niet zomaar omheen kon, niet alleen qua gewicht, en hij had een grote glanzende auto met chauffeur. 'Op die manier kan Sam in de stad blijven én hier naar school gaan.'

'Naar Sjint-Mungo'sj? 'Deze stem sliste een beetje. Het was de vriendin van zijn moeder. 'Dat isj een dure sjchool.'

Er klonk instemmend gemompel van de andere aanwezigen aan de andere kant van de deur.

'Wie betaalt het sjchoolgeld?' ging de slissende stem verder.

'Dat komt niet uit de nalatenschap.' Meneer Gunya was de hele dag al in huis om allerlei papieren te bestuderen en rekeningen te verzamelen. Hij was van kamer naar kamer gegaan, had het meubilair en de rest van de inrichting bekeken en naar het plafond gestaard.

Hij had Sam weggestuurd. 'Ga jij maar even spelen,' had hij bevolen.

In zijn moeders kantoor, in de kamer ernaast, had Sam de computer aangezet en een beetje 'Invaders 3' zitten spelen, zijn favoriete spelletje, maar zijn vingers gehoorzaamden hem niet. Hij voelde zich ziek. Hij miste Amai. Hij kon zich niet concentreren.

Hij voelde zich aangetrokken tot de deur en het overleg dat in de zitkamer werd gehouden. Hij wilde weten wat er aan de hand was. Het was de dag na de begrafenis.

'In de nalatenschap is niets over van de zaak van mijn neef; er zijn alleen schulden.' Sam hoorde meneer Gunya zijn keel schrapen. 'Na zijn overlijden heb ik al het mogelijke gedaan om zijn weduwe bij te staan, maar ze weigerde naar me te luisteren. Het was duidelijk te veel voor haar om de zaak overeind te houden.'

'Haar gezondheid wasj niet al te besjt.'

'Inderdaad. Zoals ik al zei, er is niets over.' Hij hield even op en schraapte zijn keel. 'Ik zou naar voren kunnen brengen dat er een hele goede plaatselijke school is, niet ver van het weeshuis vandaan.'

'Alstublieft…'

Dat was de stem van zijn tante. Zijn tante van het platteland.

'Wij hebben een school in ons dorp. Veel kinderen gaan daarnaartoe. Mijn kinderen gaan ernaartoe en ze hebben het er naar hun zin. Sam kan er ook naartoe gaan. Het is het dorp waar zijn moeder, mijn oudere zus, vandaan kwam. Het is juist.'

'Die kinderen op de dorpsscholen, die hebben niet eens genoeg potloden om mee te schrijven,' zei meneer Gunya.

Geen potloden? Nou, dacht Sam, dat geeft niets. Van tijd tot tijd typten hij en zijn klasgenoten alles zo op de computer. Zijn nek begon zeer te doen van het vooroverbuigen naar het sleutelgat. Hij ging op zijn hurken zitten.

'Meneer…' Zijn tante scheen de onderbreking te negeren. Ze zou nu ook wel een beroep doen op de buren, dacht haar luisterende neefje. 'Sam zal gelukkig zijn op de dorpsschool en er hoeft geen schoolgeld betaald te worden. Het is gratis. Sam zal het goed hebben bij mij en de andere kinderen. En ik ben ook familie.'

'Sam is een stadsjongen. Waar woont u ook alweer op het platteland?' Alsof meneer Gunya dat niet wist!

'Mandingwe,' zei zijn tante.

'Mandingwe. Juist ja. Dat ligt ergens in de rimboe, kilometers hiervandaan. Uw neef is het beter gewend. Hij heeft altijd hier in de stad gewoond. Tot nu toe heeft hij een goede opleiding genoten, hij draagt nette kleren en is gewend aan televisie en computers. Zijn ouders hebben hem modern opgevoed. Zij zijn hier ook op de moderne manier begraven.'

'Daar ben ik mij van bewust. Het is niet juist. Ze had in het dorp bij haar voorouders begraven moeten worden.' Tantes stem klonk laag. Er volgde een lange stilte. Toen hoorde Sam haar zuchten. 'En nu vertelt u ons dat er geen geld is. Is familie dan niet beter dan een weeshuis? Of misschien neemt u hem in huis, hier, in de stad?' Meneer Gunya was tenslotte ook familie; hij had de leiding.

Sam hield zijn adem in. Hij wilde niet bij meneer Gunya wonen. Mevrouw Gunya was net zo omvangrijk als haar man en ze hadden zelf geen kinderen. Hun huis was groot en donker, met grote, zware stukken meubilair waar kinderen niet op mochten zitten, en een tuin vol bloemen die kinderen niet mochten plukken. Hij zou daar waarschijnlijk niet eens met vriendjes mogen spelen.

Hij wachtte, zwetend, in de stilte die volgde. Een grote zwarte mier, die langs zijn schoen omhoog was geklommen, bereikte de bovenkant en stapte over op zijn been. Dat kietelde. Hij deed zijn hand naar beneden om hem weg te vegen. De mier beet hem. 'Au!' Voetstappen kwamen snel dichterbij en voordat Sam zich uit de voeten kon maken, werd de deur opengerukt. Daar stond de advocaat. Hij vulde bijna de hele deuropening. Vanachter hem vandaan staarden zijn moeders vriendin en haar man, de buren en zijn tante Sam aan alsof ze hem voor het eerst zagen. Ze zagen een stevige jongen voor zich, met een gezicht dat groezelig was van het huilen en een huid die glom, zowel van de zenuwen als van het zweet. Het witte shirt met korte mouwen dat hij had aangetrokken in de verwachting dat hij naar school zou gaan, was gekreukt, en de kaki shorts die hij aanhad moesten nodig gewassen worden. Amai was er de vorige avond niet geweest om hem te zeggen dat hij zijn kleren niet zo gekreukeld op de vloer moest gooien. Ze was er niet geweest om hem eraan te herinneren dat hij schone shorts moest aantrekken. Ze was er niet. Aan het eind van het begrafenismaal was hij weggeglipt van al dat drinken en praten, en hij was naar bed gegaan zonder zijn tanden te poetsen, bedacht hij zich nu met een schuldig gevoel.

Hij staarde terug; zijn donkere ogen verrieden weinig. Sinds de dood van Amai had hij zich vreemd gevoeld vanbinnen, helemaal leeg. Elke morgen als hij wakker werd, leek de dag precies hetzelfde te zijn: een frisse blauwe lucht en de haan van twee huizen verderop die kraaide zoals gewoonlijk. Maar hij wist niet meer wat hij moest verwachten.

Meneer Gunya kuchte eens. 'Je kunt waarschijnlijk net zo goed binnenkomen en hier luisteren als aan de andere kant van de deur.' Hij ging wat opzij. 'Het is tenslotte jouw toekomst waar we het hier over hebben.'

Achter de man strekte Tante Mercy haar armen naar hem uit. Sam rende de deur door, naar zijn tante, en liet zich knuffelen. De glimmende gesp van haar riem prikte hem in zijn zij, maar het was zo fijn om vastgehouden te worden. Amai had hem altijd geknuffeld. Omringd door Tante Mercy's armen, gluurde hij naar haar rok. Zijn moeder zou haar neus hebben opgetrokken voor de felle kleuren, net als voor het haar van haar jongere zus. Het was kort en krullend en simpel, net als dat van hem. Ze had haar haar niet laten groeien en het elke week steil laten maken, zoals Amai had laten doen. Ze rook ook anders dan Amai, een beetje zout en rokerig.

Toen Tante Mercy op de begrafenis was komen opdagen, had Sam zich haar nauwelijks herinnerd. Hij had haar daarvoor éénmaal eerder ontmoet, toen zij en haar man plots op de stoep hadden gestaan en voor een nachtje, hooguit een weekje, kwamen logeren. Amai had Sam uitgelegd dat het te ver was voor hen om vaker naar de stad te komen. Toen Sam had gezegd dat hij hun kinderen wel eens wilde zien, had ze hem eraan herinnerd dat het er drie waren. Dat maakte het te duur voor hen om met het hele gezin te komen. Waarom konden hij en Amai dan niet naar het dorp gaan om hen te ontmoeten? Amai had hard gelachen. 'Ik? Weer in een lemen hut slapen? Nee, die tijd is godzijdank voorbij,' had ze gezegd. 'Er is daar zelfs geen hotel.' Ze waren nooit gegaan. 'We willen het beste voor je,' had zijn vader gezegd. 'Die mensen in de rimboe zijn dom.'

Toen Atate dat had gezegd, had Amai op haar tanden gezogen – 'tssk!' – maar ze had hem niet tegengesproken. 'Ze zijn hier van harte welkom,' had ze gezegd. Maar ze waren nooit gekomen.

Nu zag het ernaar uit dat Sam daarnaartoe zou gaan en alsnog zijn familie zou ontmoeten. Een hut van leem? dacht Sam. Hij keek er ook niet echt naar uit om in zoiets te slapen, maar dat was kennelijk wat Tante hem bood.

De buurman, een aardige man die Sam vaak met zijn verzameling tinnen soldaatjes had laten spelen, sloeg zijn benen over elkaar. 'Ik denk –' Hij hield op, keek zenuwachtig naar meneer Gunya, zette zijn benen weer naast elkaar, ging rechtop zitten en begon opnieuw. 'Ik denk dat de jongen bij familie zou moeten wonen. Het hemd is nader dan de rok,' voegde hij er snel aan toe.

Zijn broodmagere vrouw, die naast hem zat en de ene sigaret na de andere opstak, knikte energiek.

Meneer Gunya leek zich op zijn tenen getrapt. 'Als Samuel iets van zichzelf wil maken, moet hij naar school blijven gaan, het liefst naar Sint-Mungo's, en dan moet hij in de stad blijven,' zei hij ferm, 'bij de wezen.'

De volwassenen keken elkaar aan. Sam was opgelucht dat meneer Gunya niet had gezegd dat hij bij hen moest komen, maar hij wilde ook niet bij de wezen wonen. 'Ik kan wel hier blijven,' stelde hij optimistisch voor, 'in dit huis.'

Meneer Gunya snoof. 'Doe niet zo gek. Je kunt hier niet in je eentje wonen, daar ben je veel te jong voor.'

'Betaalt u dan het sjchoolgeld voor Sjint-Mungo'sj?' vroeg Amais vriendin weer.

Meneer Gunya fronste zijn wenkbrauwen. 'Mijn vrouw en ik kunnen onmogelijk het schoolgeld betalen voor elke weesjongen in de stad,' zei hij. 'De begrafenis heeft ons al veel geld gekost en daarnaast hebben we nog vele andere verplichtingen. Er zijn toch ook beurzen. Laat de jongen er daar een van aanvragen. '

'Sam is niet zomaar een jongen,' mopperde Tante. Ze keek hem boos aan. 'Hij is de zoon van uw neef. U bent het hem verplicht.'

Meneer Gunya deed net alsof hij dat niet gehoord had.

De buurman ging even verzitten. 'Misschien zijn familie en een dorpsschool net zo goed als een weeshuis en een school in de stad.'

'Beter sjelfsj, denk ik,' zei Amais vriendin zacht. 'En daarnaasjt isj het gebruikelijk. Het isj goed om de oude manieren in ere te houden. Sjelfsj al doen sjommigen dat niet.' Ze keek boos naar meneer Gunya.

Meneer Gunya slaakte een zucht die onder uit zijn dikke buik kwam en zich sidderend naar boven bewoog om in een lange adem naar buiten te komen. 'Wees of geen wees, ik heb zakelijke verplichtingen die op me wachten. Een dringende vergadering van de gemeenteraad,' voegde hij eraan toe, zodat ze allemaal wisten hoe kostbaar zijn tijd was. 'Ik kan hier niet de hele ochtend blijven discussiëren. U weet hoe ik erover denk. Als u ervoor kiest mijn mening te negeren en de voorkeur geeft aan traditie en gewoonte, is dat uw goed recht. Ik ben van mening dat we vandaag de dag niet altijd volgens de traditie moeten handelen. Zo dacht mijn neef, de vader van de jongen, er ook over. Maar we leven in een democratie; u hebt recht op uw mening.'

'Ik zal iemand sturen om de computer op te halen,' ging hij verder, terwijl hij zijn papieren verzamelde en aanstalten maakte om te vertrekken. 'Mijn vrouw heeft er nog een nodig voor haar lingeriezaak.'

Sam verstijfde. 'Die is nu van mij! Amai liet me hem altijd gebruiken.'

'Ah,' zei meneer Gunya. 'Misschien wil een van u het even uitleggen?' Met die woorden liep hij snel naar buiten.

Wát uitleggen? Sam rende terug het kantoor in, naar de computer, en ging er met zijn rug naartoe staan, alsof hij hem wilde beschermen.

Zijn tante kwam moeizaam omhoog uit haar stoel en liep naar hem toe. 'Hoe werkt een computer?' vroeg ze hem zachtjes.

Hij staarde haar aan. Misschien wisten ze dat in haar dorp niet. Hij glimlachte voor de eerste keer die dag. Hij kon het ze laten zien. Hij kon ze de computerspelletjes uitleggen en zo. 'Je drukt op deze knop...' hij drukte hem uit en weer aan, 'en dan gaat-ie aan. Dan –'

'Ja, lieverd. Maar hoe start een computer?'

Hij snapte het niet. Misschien was ze inderdaad wel dom, zoals zijn vader had gezegd. Dat zei hij niet. Dat zou onbeleefd zijn.

'Er is elektriciteit voor nodig,' vertelde ze hem. 'En die hebben we niet.'

Geen elektriciteit? Vol ongeloof liet Sam zijn armen zakken. Toen keek hij op en schreeuwde: 'Ik blijf hier! Ik haat u!' en barstte in tranen uit.

Ze sloot hem onmiddellijk in haar armen en hield hem stevig vast. 'Ik weet dat het moeilijk is,' zei ze, hem stevig knuffelend. 'Alles zal vanaf nu heel anders zijn. Maar in elk geval heb je mij. En de kinderen willen je dolgraag ontmoeten.'

3

En zo werd het geregeld. Sam zou naar Mandingwe gaan om bij zijn tante en haar kinderen te gaan wonen.

'Wat een hoop kleren,' merkte Tante Mercy op toen Sam ze de volgende dag uit zijn laden nam. 'Enock zal blij zijn. Hij is ongeveer even groot als jij. En de shirts passen misschien zelfs Macdonald wel.'

Even groot, Enock? Of Macdonald? Enock was zijn neef, maar wie was die andere jongen? Sam stopte even; hij stond op het punt om een paar T-shirts op het bed te gooien. Zijn tante was daar een koffer aan het inpakken.

'Ezelina ook,' zei ze terwijl ze nadenkend een shirt omhoog hield. Ze zag Sams frons. 'Je zult wel leren met de anderen te delen,' legde ze uit. 'Dat doen ze allemaal. O, kom hier,' zei ze, toen de tranen in zijn ogen sprongen. 'Toe nou,' ze veegde de tranen weg. 'Het is niet belangrijk. Het zijn gewoon kleren. Maar jij hebt dit allemaal, en Enock en Ezelina hebben elk een half schooluniform. Daarnaast hebben ze samen dan nog twee shirts en een rok. Je wilt toch wel delen met je familie en de anderen?'

Sam knikte. Wat ze zei was logisch, dat wist hij. Maar het waren *zijn* kleren, niet die van haar. Een boos gevoel welde diep vanbinnen in hem op. Het was Amais schuld; zij was doodgegaan! Zijn mond vertrok. Hij draaide zich om en ging door met het uitkiezen van wat mee moest. Hij had nog nooit hoeven delen; zijn vrienden hadden allemaal zelf kleren. Hij trok zijn gymschoenen uit en legde ze in de koffer. In plaats daarvan trok hij zijn blauwe sneakers aan.

Sneakers? Dit was de eerste keer dat hij de stad uit ging. Dat was een speciale gelegenheid. Het was heel toepasselijk. Het zou ook zijn neef en nicht duidelijk maken dat die van hem waren en dat ze niet gedeeld zouden worden. Enock en Ezelina, dacht hij. Hij wist dat ze een tweeling waren en hij stelde zich zo voor dat ze hem helemaal buiten zouden sluiten. Hij was nerveus voor de ontmoeting. Wie 'de anderen' waren, wist hij niet. Het zou in ieder geval niet zijn oom zijn; die was dood.

Na het inpakken van een grote koffer en een grote tas waren ze klaar. 'We hebben nog een uur voordat de bus gaat. Ik ga een kop thee maken en die buiten op de stoep opdrinken.' Tante haastte zich de kamer uit. 'Ik zal voor jou sap pakken. Loop jij nog maar een keer door het huis om te kijken of je alles hebt wat je mee wilt nemen en kom daarna naar mij toe. Dan gaan we straks naar het busstation.'

Sam slenterde naar de slaapkamer van zijn ouders, of liever, die van Amai. Hij ging op het bed zitten. Het was haar bed geweest sinds Atate dood was. Hij kon haar daar ruiken: de poeder die ze 's morgens op haar gezicht had gedaan om er bleker uit te zien, het dure buitenlandse parfum dat ze op de binnenkant van haar polsen tipte. Hij liep naar haar kaptafel met de glazen plaat erop en het gordijntje met ruche ervoor en zag de haren die nog in haar brede kam met lange tanden zaten. De laatste weken voor haar dood had ze niet meer aan haar kaptafel gezeten, was ze haar bed niet meer uitgekomen. Iemand had een mooie gebloemde sprei over haar bed gelegd. Het bed waarin ze had gelegen, hoestend, hoestend, tot Sam had gedacht dat ze in tweeën zou splijten en wenste dat ze op zou houden. Dat had ze gedaan. Nu wenste hij dat hij dat geluid weer kon horen. Hij had haar bed dichter naar het raam geduwd toen ze hem dat had gevraagd omdat ze wilde liggen in de schaduw van de mangoboom daarbuiten; die had de kamer donker en koel gemaakt. Ze hield ervan vlak voor zonsopgang de ochtendzang van de vogels in de boom te horen. Het had haar aan haar jeugd herinnerd, in het dorp waar hij nu naartoe ging.

Een dorp waar hij nog nooit was geweest, waarnaar Amai niet terug had gewild, waarover ze het bijna nooit had gehad, tot die laatste weken voor haar dood. Wat ze hem toen had verteld, klonk goed. Er was enorm veel ruimte om rond te zwerven en na het avondeten werden er verhalen verteld rond het vuur. Heel even voelde hij zich beter bij de herinnering. Hij stond op en liep de kamer uit.

Hij ging het kantoor binnen, liep naar de computer en zette hem aan. Hij ging zitten en stak zijn hand uit naar een game dat hij vaak speelde.

'Sam? Ben je bijna klaar?' Tante riep hem. 'De bus vertrekt over twintig minuten.'

Met tegenzin zette hij de computer weer uit. Hij sloeg erop met al zijn kracht. 'Je bent van mij! Je mag het niet doen voor mevrouw Gunya. Uitblijven!' Hij rukte de stekker uit de muur; het maakte dat hij zich iets beter voelde. Hij draaide de computer zijn rug toe en zijn ogen gleden nog een keer door de kamer.

Een paar minuten later ging hij naast Tante op de stoep zitten. In zijn hand had hij een trouwfoto van zijn ouders in een zilveren lijst. Zijn vader, in een donkerblauw kostuum, stond rechtop de camera in te kijken. Zijn moeder, haar haar voor het eerst steil en in model volgens de mode in de stad, en van top tot teen in wit satijn gehuld, keek verlegen.

Sam had dit altijd al een mooie foto gevonden. Hij was genomen voor hij geboren was, in een tijd toen Amai en Atate elkaar kenden maar hem nog niet, en voordat hij hén kende. Hij bestond toen nog niet. Amai had broertjes en zusjes voor hem gewild, maar nadat zijn vader aan De Ziekte was overleden en ze erachter was gekomen dat zij het ook had, had ze hem binnen geroepen en hem geknuffeld. 'God wist wat Hij deed toen Hij me maar één jongen gaf,' had ze gezegd. En nu bestond Sam, en zijn ouders bestonden niet meer.

'Klaar?' Tante Mercy stond op. Ze pakte zijn koffer en knikte naar de tas. 'Pak jij die maar.'
Tegen de tijd dat ze bij de bushalte aankwamen en zich aansloten bij de rij wachtenden, deed Sams arm pijn van het dragen van de zware tas. Er zaten onder andere zijn gymschoenen in, zijn slippers, zijn twee favoriete boeken, een gameboy en blikjes eten die Tante Mercy nog in de keuken had gevonden.
De bus bleek bij aankomst een groot uitgevallen bestelbusje te zijn met een dichte bestuurderscabine en een open achterkant. Twee houten banken, vastgeschroefd aan de vloer, liepen langs de zijkanten. Ze waren al helemaal bezet. Een man stond op voor Tante en bood haar zijn plaats aan. Sam stond bij haar in de buurt en hield zich vast aan de metalen stutten die het busje doorkruisten alsof ze een onzichtbaar dak ondersteunden.
Hij had een geweldig uitzicht toen ze langzaam door de stad reden. Hij had nog nooit van zo hoog kunnen neerkijken op bekende en onbekende plekken; hij zag achtertuinen en tuinen die vanachter een autoraampje of in het voorbijlopen onzichtbaar waren gebleven. Ze kwamen langs de kleine stoffenmarkt op de hoek, waar lappen felgekleurde stof in de schaduw tussen de boomtakken hingen, voorbij de rij winkels met de kleine supermarkt waar Amai meestal de boodschappen had gedaan. Ze sloegen een andere straat in waar grotere bungalows stonden. Aan de linkerkant doemde het enorme aanplakbiljet op met die beeldschone vrouw met haar gouden huid: 'Twinkie, voor een lichtere huid. De crème voor uw teint. De enige voor u!' En toen was daar Sint-Mungo's. Vlak voor het busje voegde er een auto in, waardoor ze moesten stoppen. Vlakbij stond een

groepje jongens voor de toegangspoort van de school. Zijn vriend Gideon stond er ook bij. Sam liet een steun los om te zwaaien. 'Hé!'

Een van de jongens draaide zich om en keek hem recht aan. Sam zag zijn mond openvallen. De jongen stootte Gideon aan, die zijn arm omhoog deed om terug te zwaaien, maar hem toen verward liet zakken.

Sam keek nog eens over zijn schouder toen de bus wegreed. Had Gideon hem niet herkend en daarom niet gezwaaid? Atate had hem altijd naar school gebracht tot hij doodging, en daarna had Amai hem gebracht in hun Ford. Soms was hij lopend gegaan en dat was ook goed geweest, maar dit niet! Een golf van verlegenheid overspoelde hem. Was het omdat hij in een open bestelbusje stond als een arme plattelandsjongen?

Een touringcar met airconditioning zoemde vlak langs hen heen en onttrok de school aan het gezicht. Sam nam snel zijn hand van de reling zodat die niet verbrijzeld zou worden – de bus kwam zó dichtbij! Hij torende hoog boven hen uit, nog hoger dan de vrachtwagens op de weg die beladen waren met zakken maïsmeel, en de ramen waren zo donker dat je de mensen erin niet eens kon zien zitten.

Het was beter geweest als ze in die touringcar hadden gezeten. Sam gluurde naar Tante. Ze schudde haar hoofd en bewoog geluidloos haar lippen: 'Veel te duur'. Ze begreep zijn vraag voor hij die zelfs maar gesteld had.

De touringcar haalde hen in.

Het busje kwam schokkend tot stilstand voor de stoplichten en Sam verloor zijn evenwicht.

'Ho!' De man naast hem greep hem snel beet. 'Hier. Ga jij hier maar staan.' Hij ging wat opzij zodat Sam langs hem heen kon schuifelen en zo in de hoek van het busje kon gaan staan. 'Zo te zien heb je je lach verloren?'

Sam ademde diep en beverig in. Hij schudde zijn hoofd en lachte aarzelend.

'Dat is beter.' De man had een vriendelijk gezicht, dacht Sam. Wat maakte het ook uit dat Gideon niet had gezwaaid! Hij had hem waarschijnlijk niet eens gezien. Sam rechtte zijn rug. Hij kon zich nu met beide handen vasthouden, een reling links, een reling rechts. Hij zette zijn benen wat verder uit elkaar zodat hij stevig stond toen de bus weer wegreed, met nog meer passagiers. Hier vooraan stond hij echt veel beter; hij kon nu ook voor zich uit kijken.

'Hoever moeten jij en je amai?'

'Ze is niet mijn amai,' antwoordde Sam snel. 'Ze is mijn tante. Mijn amai is dood.'

'Ah.' De man floot zachtjes tussen zijn tanden. 'En waar neemt je tante je mee naartoe?'

'Naar Mandingwe.' In de buitenwijken van de stad was het verkeer niet zo druk meer en al snel hadden ze de stad helemaal achter zich gelaten. Ze zoefden over de pas geasfalteerde weg.

'Mandingwe, hè.' Nu bemoeide zich een andere man met het gesprek. 'Dat is een goede plaats. Er is daar een missiepost. Gaan jullie daarheen?'

'Ik denk het wel.' Sam draaide zich om om hem aan te kijken.

'Dan ben je een geluksvogel.'

Er was geen stoep zoals in de stad, maar er liepen net zoveel mensen langs de weg. Ze liepen in een enkele rij naast het asfalt. De rij viel pas uit elkaar bij de stalletjes langs de kant van de weg waar vrouwen mango's en trossen bananen aanboden aan de voorbijgangers.

'Ik heb gehoord dat er een ziekenhuis is, en een kerk. En een school,' zei de tweede man.

Vandaag geen school. Daar was hij tenminste aan ontsnapt! Hij had al een week geen huiswerk gemaakt en had daar best wel eens door in de problemen kunnen komen. Hij was nog nooit naar het platteland geweest. De weg liep omhoog en even verderop kon hij heuvels zien. De wind waaide hem stevig in het gezicht en droogde de tranen die over zijn wangen biggelden.

4

'Sammy!' Er prikte iets in zijn kuit en hij keek over zijn schouder. 'Kom op!' Zijn tante stond op. 'We moeten er hier uit.'

Het busje minderde vaart. Wat verderop stond rechts een groep van vijf kleine houten werkplaatsen. Het busje stopte voor de eerste op de hoek, waar twee mannen buiten op de harde droge aarde een boomstam in planken stonden te zagen.

Sam wurmde zich tussen de passagiers door tot hij bij de laadklep kwam. Hij klom eroverheen en sprong op de weg. Een man deed de laadklep voor Tante Mercy omlaag en zij klauterde ook naar beneden en pakte daarna de koffer aan. Drie vrouwen, die langs de weg hadden staan wachten, klommen erin en toen reed het busje weg, een zwarte rooksliert achterlatend.

Sam keek om zich heen. Er kwamen geen andere auto's langs, niet eens een vrachtwagen of een fiets. Het enige geluid kwam van de mannen die aan het zagen waren, en de rijke zoete geur van pasgezaagd hout verdrong alle andere geuren. Nieuwe stoelen stonden keurig opgestapeld bij de ingang van hun werkplaats.

'*Muli bwanje*, goedemorgen, hoe gaat het?' riep Tante naar de timmerlieden.

Een van hen keek op. Er verscheen een grijns op zijn gezicht en hij zei iets tegen de andere man. Ze legden de zaag neer en kwamen op hen af, hun zweterige handen afvegend aan hun shorts.

'*Ndili bwino, kaia inu* – het gaat goed, als het goed met u gaat,' antwoordden zij op hun beurt met een beleefd knikje.

'*Ndili bwino, zikomo*. Het gaat goed. Bedankt. Het gaat goed met ons,' zei Tante.

'Is dit je neef?' vroeg de oudere man.

'Ja, dit is Samuel.' Ze gaf hem een klein duwtje naar voren.

Hij nam de uitgestoken hand aan.

'Dus jij komt in Mandingwe wonen?'

'Een tijdje,' zei Sam. Hij wist niet zeker hoe lang hij zou blijven. De geur van vers zaagsel en gezaagd hout was nog sterker nu de mannen vlak voor hen stonden.

'We zijn blij je te zien. Ben je blij hier te zijn?'

Sam haalde zijn schouders op. Dat wist hij nog niet.

'Hij is blij,' zei Tante ferm. 'Ik zie dat jullie geen stoelen aan het maken zijn.' Ze gebaarde naar het hout waarmee ze aan het werk waren. Nu pas kon Sam zien dat de stukken hout te lang waren om voor stoelen bestemd te zijn. Een doodskist. Hij staarde ernaar.

'Dat klopt,' bevestigde de oudste man. 'Kent u Courage Makelele?'

'Van daar bij de baksteenoven?'

'Ja.'

'Tssk.' Tante klakte met haar tong. Er volgde een korte, eerbiedige stilte.

Wat was hun taal langzaam en simpel, hier op het platteland, dacht Sam terwijl hij in het rond keek. Hij werd onrustig en vroeg zich af waar ze naartoe gingen. Er stonden hier geen huizen, of lemen hutten; er was alleen de kleine rij werkplaatsen. In zijn ogen was dit geen 'goed dorp'. Niet zoals de man in het busje had bedoeld. Ze draaiden zich om en liepen over een pad van donkerrode aarde. Het was hobbelig, met hier en daar kuilen erin, veroorzaakt door de regen. Aan weerskanten drongen de bomen naar voren alsof ze het wilden vermorzelen. Sam keek even om naar de geasfalteerde weg, de verbinding met Blantyre en thuis. De oudste man stond daar, midden op het pad. Achter hem was niets.

5

Tante Mercy zei niets terwijl ze daar zo op het pad liepen, zelfs niets over hoe ver ze zouden moeten lopen. Sam hoopte dat het niet lang zou duren, maar hij zag geen tekenen meer van een dorp of een missiepost en begon zo zijn twijfels te krijgen. Opeens klonk, boven het gezang van de vogels uit, het gepiep van een fiets achter hen, en het geratel van wielen op het hobbelige pad. Er kwam iemand aangefietst, een tiener met de schaduw van een snor op zijn bovenlip.

'Hallo, hoe gaat het?' vroeg de fietser, terwijl hij zijn blote voeten op de grond zette om af te remmen. Hij stapte van de fiets.

Tante Mercy stond stil. 'Het gaat goed, als het goed met jou gaat.'

'Het gaat goed. Bedankt,' antwoordde hij. 'Geef die maar aan mij.'

Tante aarzelde, heel even maar, en gaf hem toen de koffer. 'Geef hem je tas,' zei ze tegen Sam. 'Dank je, Mavuto Matola.'

Sam bekeek de jongen eens goed. Hij miste twee voortanden en droeg gerafelde shorts. Op zijn T-shirt stond 'it's the real thing' maar vanwege de gaten en oude vlekken kon je niet zien wát 'the real thing' was. Zorgde hij voor problemen, zoals de naam Mavuto betekende? Waarom zou Tante Mercy anders hebben geaarzeld toen de jongen zijn hulp aanbood bij het dragen van de zware tassen?

'Ben jij het neefje?' Mavuto richtte zijn aandacht op Sam.

Sam knikte.

'Dus jij gaat hier ook naar school?'

Sam gluurde opzij naar Tante Mercy en knikte nog eens.

'Waar jij ook nog zou moeten zijn, Mavuto.' Tante klakte met haar tong. 'Je mag dan vijftien zijn, maar er is nog genoeg wat jij moet leren.'

Mavuto keek eerst verlegen, maar grijnsde toen. 'Als ik nog steeds op die verdomde school zat, kon ik jullie niet helpen met het dragen van de bagage.'

'Als je nog op school zat, áls,' mopperde Tante. 'Als je op school zat, zou je weten dat gisteren de laatste schooldag was. En zulke taal wil ik niet horen.' Ze deed alsof ze niet zag wat voor een gezicht Mavuto trok.

Sam wist niet of hij moest juichen of juist chagrijnig moest zijn toen hij dat hoorde. Nog niet zo lang geleden was hij blij geweest met een extra vrije dag, maar toen ging het om Sint Mungo's in Blantyre.

Hij had niet eens afscheid kunnen nemen van zijn klasgenoten, afgezien dan van die zwaai. Daar was geen tijd voor geweest; het was allemaal zo snel gegaan. Zouden ze hem vergeten? Zou er iemand anders op zijn plaats zitten, op de derde rij van achteren, naast het raam en naast Gideon, en niet eens weten dat het *zijn* plaats was? En nu zat hij hier, en wat moest hij in vredesnaam doen in dit gat als iedereen al vakantie had? Rondrijden op een fiets, zoals Mavuto, en helpen met het dragen van koffers?

Ze liepen in stilte verder; hun voeten kletsten op de grond en deden kleine stofwolkjes opwaaien. Aan de linkerkant werd de bebossing dunner en zag het er minder dreigend uit. Er stond een klein huis met gladde muren van leem en een rieten dak, min of meer vierkant van vorm. Daarachter stond er nog een, en ernaast nog een. Deze twee waren gebouwd van donkerrode baksteen. Sam telde in totaal zes huizen. Toen sloegen Tante en Mavuto linksaf. Het achterwiel van de fiets bonkte over een boomwortel en de tas viel eraf. 'Verdomde tas!'

'Mavuto!'

Hij negeerde haar. Vier kinderen kwamen vanachter de hut vandaan gerend. Die was van baksteen, niet van leem. Dat had Sams moeder mis gehad. 'Amai! Tante! Wat heb je voor ons meegebracht?'

Tante Mercy sloeg een arm om Sams schouders en duwde hem naar voren. 'Ik heb jullie neef Samuel meegebracht. Sammy, dit is Enock en dat is Ezelina. We noemen haar meestal Ezza.'

Twee kinderen, gekleed in verschoten katoenen shirts, de een met een rok, de ander in shorts. Ze waren ongeveer even oud als hij, dacht Sam, en ze lachten naar hem met stralende gezichten. Ze waren ongeveer even lang als hij, dat klopte wel, maar hij was stevig en zij dun en pezig. Ze zagen er hetzelfde uit, tot en met de manier waarop hun wenkbrauwen in het midden doorliepen. Het enige verschil was dat Ezelina twee piepkleine uitstekende vlechtjes had en dat ze een rok droeg. Sam zag Enocks ogen groot worden toen hij zijn sneakers zag. Hij grijnsde naar hem.

'En dit is Macdonald.' Macdonald was lang, en ouder, en had een vreemd litteken. Het was lang en liep van zijn linkeroog dwars over zijn wang naar zijn bovenlip. Macdonalds armen bungelden onbeholpen langs zijn lijf alsof ze niet wisten waar ze thuishoorden; hij knikte toen hij zijn naam hoorde, maar keek niet op. De manier waarop hij naast Mavuto ging staan deed Sam denken dat de twee vrienden waren.

'En dit,' Tante tilde een peuter van de grond, 'is de kleine Chikondi.'

Chikondi lachte naar Sam.

'Chikondi is een neefje van Enock en Ezelina. Hij is de zoon van de overleden zus van mijn overleden man. Macdonald is zijn broer. Hun atate is de zoon van de nicht van je moeder.'

Er waren andere kinderen aan komen rennen die nu om hen heen dromden en naar Sam, de nieuwkomer, stonden te staren. Sam probeerde er nog steeds achter te komen waar Macdonald en Chikondi precies in het plaatje pasten.

'Pak je tassen van Mavuto aan, Sammy.'

Sammy?

'Ik heet Sam,' zei hij verontwaardigd.

Tante bromde eens. 'Macdonald, Ezelina, Enock,' zei ze tegen de kinderen, 'ik moet naar de dokter. Ik ben al te laat. Macdonald, laat Sammy zien waar hij slaapt en help hem met zijn spullen.' Ze gaf Sam een stevige knuffel. 'Ga maar met ze mee. Zij zullen voor je zorgen.'

Ze trok haar rok recht, streek eens over haar haar en daar ging ze. Sam glimlachte naar Macdonald, maar deed een stap naar achteren toen hij de norse trek op zijn gezicht zag. Even later was die weg. Had hij het zich verbeeld? Macdonald zei iets tegen Mavuto wat Sam niet kon horen, pakte daarna Sams koffer in de ene hand en de tas in de andere en liep naar de hut. Mavuto fietste langzaam weg.

'Is ze ziek?' vroeg Sam aan Ezelina, die naast hem liep.

'Wie?'

'Tante.'

'Waarom?'

Was ze doof of zo? 'Omdat ze naar de dokter gaat.'

'O nee.' Ezelina giechelde. Ze sloeg haar hand voor haar mond om het lachen te stoppen.

'De buitenlandse dokter heeft een vrouw die ook dokter is. Amai past op hun baby's als zij in het ziekenhuis aan het werk zijn,' legde Enock uit.

'En de baby's zijn een tweeling, net als Enock en ik,' voegde Ezelina er trots aan toe. 'Ik kan je er wel mee naartoe nemen, als je wilt. We mogen van Amai niet in het huis van de dokter komen. Als we dat wel doen, komt de hond achter ons aan.'

'En die bijt.'

'Maar we kunnen achterom lopen.'

Ezelina en Enock namen Sam mee naar binnen. Het was er donker en koel. De anderen bleven achter Sam in de deuropening staan toekijken. Hij kon hun ogen op zijn rug voelen en hij draaide zich om. Ze giechelden. Een paar van hen zwaaiden. Macdonald had zijn koffer laten vallen bij de deur en tuurde naar buiten, over de hoofden van de starende kinderen heen.

Sam draaide zich weer om. Het huis, als hij het zo kon noemen, was niet groter dan de zitkamer thuis. Het had geen donkerblauwe vloer, of ingelijste foto's aan de muur. Er stond een tafel, maar die was simpel en klein en leek helemaal niet op de glanzend gewreven eettafel thuis. Er stonden drie krukjes omheen en een enkele stoel. In het midden van de betonnen vloer stond een paal. Zijn ogen volgden die omhoog naar het dik op elkaar gepakte gedroogde gras van het koepelvormige dak. Hij keek weer omlaag. Aan één kant stonden een scherm en een bed met wat kussens; aan het voeteneind lagen drie opgerolde matten.

Enock stond vlak naast hem. 'Dit is ons huis,' zei hij trots.

Was dit alles? Sam slikte eens. 'Slapen jullie hier?'

'Ja, natuurlijk.'

'Op matten?'

'Wat is er?' Ezza keek bezorgd. 'Ben je vergeten je mat mee te nemen?'

Sam snakte naar adem. 'Ik heb geen mat. Ik slaap in een bed.'

'Zoals Amai, bedoel je?' Enock streek over het dunne matras.

'Zo'n beetje. Het is een echt bed met een hoofd- en een voeteneind van hout. Die zijn geel. Ik heb ze zelf geverfd, samen met Amai. En er vlak boven hangt een plank voor mijn boeken en zo. En er is ook een leeslampje.'

'O. Nou, Enock en ik slapen het dichtst bij de muur,' vertelde Ezelina hem. 'Chikondi slaapt bij onze amai.'

'Dat komt omdat Chikondi nog klein is en Amai bij hem moet zijn,' onderbrak Enock haar, zittend op de rand van het bed. Hij krabde aan een korstje op zijn arm.

29

'Waar zijn die bakstenen voor?' Sam knikte naar de stenen, een onder elke hoek van het bed. Er lag er een vlak bij een van Enocks bungelende benen.

'Die beschermen Chikondi tegen de tokolosh.'

Sam had over de tokolosh gehoord. Atate had gezegd dat de geesten niet van de stad hielden en daar wegbleven, maar Sams vrienden had het erover gehad, en de buurman ook. Sam wist dat ze je kwaad konden doen als je niet voorzichtig en eerbiedig was. Hij fronste. 'Maar hoe zit dat dan als je op de grond slaapt?'

'Hoe bedoel je?' vroeg Enock zachtjes, voor het geval er een tokolosh vlak bij in de lucht hing en meeluisterde.

'Nou, als je hoger moet liggen om veilig te zijn voor de tokolosh, moet het toch eng zijn om op de vloer te slapen.' Sam was ook zacht gaan praten.

Enock en Ezelina keken elkaar eens aan. Daar hadden ze nog niet aan gedacht.

'Dat valt wel mee.'

'Ik denk dat ze mensen die op matten slapen met rust laten,' zeiden ze tegelijk.

'Of misschien is hier nu geen tokolosh in de buurt,' opperde Sam.

'Hm. In ieder geval,' Ezelina wees omhoog, 'daarboven hangt Jezus. Hij beschermt ons.' Enock knikte bevestigend.

Sam deed een paar stappen en tuurde naar het vervaagde plaatje dat boven de deur was vastgeprikt. Hij kon nog net de omtrek zien van Jezus met uitgestrekte handen en hij voelde zich meteen een stuk beter.

'Hé! Er zitten lichtjes in je schoenen!' Enock sprong opgewonden van het bed af. 'Beweeg je voet nog eens.'

Sam deed het. Hier in de hut, waar het donker was, kon je de kleine flitsen zien.

'Slaapt hij hier ook?' Sam keek naar de gespannen rug van Macdonald. De andere kinderen liepen een voor een weg.

Enock knikte. 'Ja, natuurlijk. Mag ik ze eens passen?'

'Wat?'

'Je schoenen.'

'Waar moet ik dan slapen?' vroeg Sam aan Ezelina; hij luisterde niet echt naar Enock.

'Dat beslist Amai,' zei Ezelina. 'Misschien geeft ze je Mpatso's mat, die ligt onder het matras.'

'Wie is Mpatso?' Was dat nog een neef? Waar was hij dan?

'Hij is dood. Hij woonde hier tot november en toen ging hij dood.' Enock sprak er heel nuchter over. 'Kom op, laat me die schoenen eens passen. Alsjeblieft? Ik wil de lichtjes zien.'

'Was hij jullie broer?' vroeg Sam aan Ezelina.

Ezelina schudde haar hoofd. 'Nee. Chikondi's broer. Hij heeft niet lang bij ons gewoond.'

'O.' Misschien zouden ze allemaal doodgaan, een voor een, en dan zou hij misschien aan de beurt zijn – eigenlijk woonde hij nog niet eens bij hen. Of misschien zou het Chikondi zijn. Hij keek de peuter strak aan, maar Chikondi leek hem gezond genoeg.

Enock stopte met krabben en lachte naar Sam. 'Mag ik ze later proberen?'

'Ik ook?' Macdonald was dichterbij gekomen en staarde ook naar de lichtjes.

Sam fronste. 'Oké.' Maar hij wilde eigenlijk niet dat ze aan zijn schoenen zaten. Hij wilde alleen dat ze ophielden met vragen. 'Waar moet ik mijn spullen laten?'

Ezelina tilde met beide handen de koffer op, sleepte hem met moeite naar de hoek en zette hem daar neer. Ze streelde met haar hand over de bovenkant. 'Hier, natuurlijk.'

Macdonald draaide zich om en liep de hut uit.

'Ik bedoel,' zei Sam verward, ' waar zal ik mijn kleren laten?'

Nu begreep Ezelina hem niet. 'Laten?'

'Waar laten jullie je kleren?'

Enock wees naar de muur. Er waren spijkers in geslagen en daar hing een kleine verzameling broeken, shirts en doeken aan. 'Ezza en ik delen een spijker.'

'En Macdonald deelt er een met Chikondi,' maakte Ezelina de boodschap af. 'Jij kunt je koffer gebruiken. Amai heeft een doos onder het bed.'

Sam kon zien dat er geen ruimte was voor een ladenkast. Hij plofte neer op zijn koffer en zuchtte; hij voelde zich ellendig. Alles was zo anders, nog meer dan hij zich voor had kunnen stellen. Door de open deur was een jonge kraaiende haan te zien; hij stond op zijn tenen en klapte met zijn vleugels. De kippen die op de grond pikten negeerden hem.

Sam stond weer op. Hij opende de sloten van zijn koffer en tilde de deksel omhoog.

De anderen kwamen bij hem staan.

'Je hebt een boek,' zei Enock met een zucht. 'Mag ik het zien?'

'Ik heb er twee,' schepte Sam op; hij zat weer vol zelfvertrouwen. 'Hier –' hij gaf hem het dunste boek: *De reizen van Mansa Musa.* Enock veegde zijn handen af aan zijn shorts voor hij het aanpakte. Hij nam het mee naar de tafel en ging zitten, met Ezelina naast hem. Ze zaten dicht bij elkaar en sloegen de bladzijden om. Chikondi speelde aan hun voeten.

Achter hen haalde Sam de trouwfoto van zijn ouders in het zware lijstje tevoorschijn. Hij keek de kamer rond, op zoek naar een plaatsje voor de foto. Aan een muur hing een kastje, eigenlijk waren het meer twee planken achter een dun katoenen gordijntje. Op de bovenste plank stonden een glas en een schaal. Hij ging op zijn tenen staan, zette de foto naast de schaal en deed een stap achteruit. Zo. Nu kon hij zijn atate en amai zien, en zij hem ook.

Opeens voelde hij een onbedwingbare neiging om naar buiten te gaan, die kleine donkere hut uit, en ruimte om zich heen te voelen. Hij ging vlak bij de tweeling staan en wachtte tot ze naar hem opkeken. Hij pakte zijn boek, legde het terug in de koffer en deed die weer dicht. Ze waren zo verbaasd dat ze niet eens protesteerden. Hij liep naar buiten en leunde tegen de hete stenen muur. Macdonald zat op een uitstekende boomwortel bij de rand van het pad in het niets te staren. Op dat moment kwam er een terreinwagen in zicht die hotsend en botsend over het pad reed, met een groep jongens en meisjes die er roepend en lachend achteraan renden. Enock stoof naar buiten om met hen mee te rennen. Macdonald bewoog zich niet. Sam voelde zijn benen trillen en begon ook naar de auto toe te rennen. Het was een Toyota, zo een als Gideons vader had. Er zat een buitenlander achter het stuur, een blanke man met verward haar. De man had haast en sloeg geen acht op Sam of de anderen.

6

'Waar is Enock?'

'Die is met zijn vrienden weg.' Ezelina wierp haar hoofd in de nek. 'Macdonald en ik gaan bananen halen. Dat moet van Amai. Ga je mee?'

'Ja,' zei Sam. Misschien was er wel een winkel. Het zou fijn zijn een winkel te zien en er even rond te kijken wat er allemaal te koop was.

Macdonald keek nors.

Ezelina tilde Chikondi op. Ze boog vanaf haar middel naar voren, hees Chikondi op haar rug en bond hem daar vast met haar doek. 'Gaan we ook naar het huis van de dokter?' vroeg Samuel. Hij wilde Tante Mercy weer zien. 'Je zei dat dat kon.'

'Nadat we de bananen hebben gehaald.'

Ze liepen naar een kleine markt. Er zaten vooral vrouwen op de grond, achter uitgespreide doeken waar groente en fruit op lagen. Er stonden ook een paar wankele tafels op dunne poten, maar drie, en die hadden bladerdaken voor de schaduw. Op een ervan lag een slordige berg kleine visjes. Op een andere tafel lagen kleine piramides van op elkaar gestapelde aardappelen en tomaten. Op de derde tafel lag een nette rij op houten prikkers gespietste muizen, de grijze staartjes bungelend over de rand.

'Ik wens u een goede dag,' zei Ezelina tegen een vrouw die op de grond zat met zes trossen bananen uitgestald voor zich op haar doek.

'Ik accepteer je wens,' zei de vrouw. 'Hoe gaat het?'

'Het gaat goed, als het goed met u gaat.'

'Het gaat goed, *zikomo*, bedankt. Kom je voor bananen?'

'Ja, Tante.'

Er was geen winkel, besefte Sam. Hij keek eens rond en trok een gezicht. Dit was alles.

Hij sjokte naar Macdonald toe, die met zijn rug naar de markt stond en naar een stel voetballende jongens keek. Achter een grote open vlakte met doelpalen stond een groot laag gebouw en loodrecht daarop stond er nog een.

'Wat is dat?' Sam wees.

'School.' Macdonald draaide zich niet om.

Sam kneep zijn ogen samen en bestudeerde het lange gebouw. De open ramen van de missieschool staarden nietszeggend terug. Er hing een stel giechelende meisjes rond op de veranda. Hij keek weer naar het voetbal.

'Sint-Mungo's is groter,' zei hij. 'Ik ga er 's ochtends met de auto naartoe. Dat is mijn school, Sint-Mungo's,' legde hij uit. Hij beet op zijn lip toen hij de vreemde uitdrukking op Macdonalds gezicht zag. 'Deze ziet er ook goed uit,' zei hij snel.

Macdonald bromde wat en rende weg, net toen Ezelina en Chikondi bij hen kwamen staan.

'Ik hou van voetbal,' zei Sam verlangend tegen Ezelina. Hij keek Macdonald na.

'Je kunt ook meedoen als je wilt,' zei ze. 'Macdonald!' riep ze, maar hij gaf geen antwoord. Hij had het te druk met roepen naar de anderen terwijl hij rende.

Sam stond nerveus te wiebelen. Hij wilde de anderen alleen maar vertellen hoe zijn leven thuis was.

'Ga maar.' Ezelina gaf hem een zetje.

Hij wilde heel graag meedoen, maar het was moeilijk om er zomaar bij te gaan staan. Vooral omdat Macdonald zo naar deed. Macdonald had hem niet eens gevraagd of hij mee wilde doen, terwijl Sam op Sint-Mungo's toch in het voetbalteam had gezeten.

Misschien had Macdonald hem niet gevraagd omdat hij ouder was. Sam schatte hem op een jaar of dertien.

'Het is oké; ik blijf bij jou.' Maar morgen zou hij zeker meedoen.

'Zoals je wilt.'

Ezelina klonk een beetje kwaad. Hij leek niets goed te kunnen doen. Maar toen lachte ze naar hem. 'Kom op, laten we naar Amai gaan.' Op haar rug leek Chikondi in slaap te zijn gevallen. Zijn ogen waren dicht en zijn hoofd hing opzij. Er lag een glimlachje om zijn lippen.

Ze liepen langs de school, langs vier nette bakstenen bungalows aan hun linkerkant en toen langs een kerk. 'Onze atate heeft geholpen bij de bouw toen hij net zo oud was als wij,' vertelde Ezelina hem trots. Ze wees naar het vierkante gebouw wat verderop. 'Dat is de kinderafdeling. Daar slapen de kinderen die naar het ziekenhuis zijn gekomen.'

'O. Waar is jullie vader?'

'Hij is dood, net als jouw vader en moeder. Hij is daar verderop begraven.' Ze wees naar een pad.

Sam struikelde over een grote steen die half in een gleuf begraven lag en het lukte hem maar net om overeind te blijven. Ezelina liep naar een grote bungalow met een veranda waar rieten stoelen op stonden. Sam bleef staan. Het zag er zo vertrouwd uit. Naast het huis zag hij de Toyota staan, nu geparkeerd onder de bomen. Het was de enige auto die hij die dag gezien had.

Een zwarte hond blafte vanaf de veranda en Sam schrok op. De hond sprong van de trap en rende hun tegemoet. Sam dook weg achter Ezelina.

'Het is in orde,' zei ze een beetje schel. 'Blijf maar gewoon stil staan.'

'Hij gaat ons bijten.' Hij beefde. 'Enock zei het toch.'

'Dat doet hij niet. Niet als we buiten het huis blijven.'

Sam probeerde net zo stil te blijven staan als Ezelina. De hond kwam tot aan zijn middel. Hij snuffelde aan hem en duwde zijn natte neus in zijn hand. Sam deinsde wat achteruit. De hond maakte een sprongetje naar Ezelina.

'Kom maar,' maar haar stem trilde.

Sam volgde Ezelina en de hond volgde Sam. Hij liep zo vlak achter hem dat hij zijn hete adem kon voelen. Pas toen ze bij de hoek van het huis kwamen leek de hete adem te verdwijnen.

Sam gluurde achterom. De hond hijgde en keek hen na. Toen plofte hij op de grond, tilde een achterpoot op en begon zichzelf te likken.

Ze liepen nog een hoek om en kwamen aan bij de achterkant van het huis. Daar, op de betonnen vloer net buiten de keuken, zat Tante met twee mollige baby's op een biezen mat. De baby's leken net zo blij te zijn Sam, Ezelina en Chikondi te zien als Tante Mercy.

Sams hart begon rustiger te kloppen.

'Sammy! Hallo. Kom eens, ik zal je aan de jongens voorstellen.' Ezelina knoopte de doek los waarmee Chikondi was vastgebonden en zette hem op de grond. Hij kroop meteen naar Tante Mercy toe. 'Dit is Robbie en dat is Bart.'

Sam hurkte neer zodat hij op hun hoogte was en stak een vinger uit, die Robbie greep. Ze hadden mooi steil haar met de kleur van een rijpe gepelde banaan, dacht Sam, en grote blauwe ogen die hem ernstig aankeken totdat Robbie kirrend begon te lachen en Bart een rood speelgoedvrachtwagentje naar Sam duwde.

En Sam begon te huilen. Hij merkte het eerst nauwelijks, de tranen liepen stilletjes over zijn wangen zonder dat hij het zich bewust was. Ze kwamen gewoon. De hond die op hen was af komen rennen, alles wat zo nieuw en vreemd was – Sam wist niet wat hij hier deed bij deze bungalow die zo op zijn thuis leek. Thuis was weg en hij woonde niet meer in een bungalow met kamers en een keuken zoals deze; hij moest in een kleine hut gaan wonen waar geen elektriciteit was en waar hij geen eigen kamer had. Hij had niet eens een eigen bed en moest met iedereen delen en er waren geen winkels om naartoe te gaan en geen auto om in te rijden.

Bart duwde de rode vrachtwagen in zijn armen en wachtte tot hij ophield met huilen. Toen dat niet gebeurde opende hij zijn mond en begon te krijsen. Het moment dat Robbie zijn broertje hoorde huilen, deed hij mee. Chikondi fronste verward, deed toen zijn mond open en begon ook te huilen, om de anderen gezelschap te houden.

'O hemeltje.' Tante Mercy tilde Bart op en knuffelde hem. 'Rustig maar.' Ze suste Robbie terwijl Ezelina Chikondi suste. Tante Mercy stak haar hand uit naar Sam. 'Rustig maar,' zei ze ook tegen hem. Ze pakte een plastic schoteltje van een laag tafeltje naast haar en gaf het door. Er lagen stukken avocado op. 'Pak er maar wat van en geef het dan door aan Ezza.'

Er lag geen lepel of vork op het schoteltje en het eerste stukje dat Sam pakte glibberde uit zijn vingers. Hij pakte een ander stukje, voorzichtiger dit keer, en het lukte hem nu om het in zijn mond te krijgen. Hij deed zijn ogen dicht, drukte het zachte groene fruit tegen zijn gehemelte en dacht aan Amai zoals ze die laatste dagen in bed had gelegen, uit het raam kijkend naar de bladeren van de mangoboom. In zijn verbeelding lachte zijn moeder naar hem, heel lief, terwijl hij het zachte fruit met zijn tong kapot duwde en het doorslikte. Hij hikte, veegde met de achterkant van zijn hand langs zijn neus en snoof eens.

'Laat Chikondi en de bananen maar bij mij,' zei Tante Mercy, 'en ga maar brandhout halen voor het eten vanavond. Hier,' voegde ze eraan toe. 'Neem er maar twee.' Ze brak twee bananen van de tros af en gaf ze aan Ezelina. Sam keek er hongerig naar. Tante Mercy en hij hadden die morgen rijst en eieren bij het ontbijt gegeten, maar sindsdien niets meer. Dat was al lang geleden – en zo ver weg.

7

Sam hield zijn adem in toen ze weer om de bungalow van de dokter heen liepen. Hij wierp een snelle blik op de veranda. De hond tilde zijn kop op. Hij keek naar Sam en er klonk het geluid van een staart die op een houten vloer klopte, maar hij stond niet op. Sam ontspande zich.

Er klonk lawaai boven hun hoofd en hij schrok; zijn hart begon weer te bonzen.

Ezelina giechelde. Er rolde iets rommelend van het dak af. 'Let maar op waar-ie valt.'

'Waar wat valt?'

'Een avocado,' zei ze, zich concentrerend op het geluid.

Met een bons viel het fruit op de grond en Ezelina was er als eerste bij. Ze hield de avocado triomfantelijk omhoog. 'Dat doen de apen,' zei ze, 'daarboven.' Ze wees naar de boomtakken. 'Die plukken ze en gooien ze naar het huis. We nemen deze mee.'

Maar toen ze het zandpad opliepen was Mavuto daar. Hij reed met zijn handen op zijn heupen zachtjes fluitend rondjes op zijn fiets. 'Hé, Ezza! Sam!' Hij verloor zijn evenwicht toen hij hen zag en toen de fiets hard door een kuil in het pad butste, viel hij bijna om. Hij zette net op tijd een voet op de grond. 'Verdomde fiets!' vloekte hij. 'Ga je mee voor een ritje?' vroeg hij aan Sam.

'Dat denk ik niet,' antwoordde Ezelina voor hem. Ze beet op haar lip.

'Ah, kom op, Ezza. Ik breng hem weer heelhuids terug.'

'Nee.' Ditmaal klonk ze ferm. 'We moeten hout halen. Ik laat hem zien waar het is.'

'Je laat hem zien waar het is, hè!' Hij leunde naar voren en trok aan een van haar vlechtjes.

'Au! Dat doet zeer!' Ze wreef met haar hand over de pijnlijke plek.

'Hé, wat heb je daar in je hand?'

Ze liet hem de avocado zien.

'Komt die daarvandaan?' Hij wees.

Ze knikte.

'Geef hier.' Hij greep ernaar.

'Die is van mij! Geef terug!'

'Die is niet van jou. Die heb je gestolen.'

'Nietes.'

'Welles. In ieder geval, jij hebt bananen in je andere hand. En ik heb honger.'

'O, oké. Neem hem maar.'

Mavuto gooide zijn fiets op de grond, duwde zijn nagels in de avocado en begon de schil eraf te trekken en het groene vlees meteen van de pit te zuigen.

'Die kant op.' Ezelina duwde Sam snel vooruit. 'Kijk uit!' toen hij bijna weer over dezelfde steen struikelde. 'Mavuto heeft altijd honger,' zei ze toen ze Mavuto's fiets piepend de andere kant op hoorden gaan. Ze liepen langs de gebouwen van het ziekenhuis, die allemaal laag, lang en wit waren. Er groeide gras tussen de verschillende gebouwen, en er stonden rozen- en hibiscusstruiken. Een boog rustte op twee pilaren; er stond 'Sint-Andrews Missie Ziekenhuis' op geschreven in dezelfde kleur groen als de verf op de ramen van de gebouwen. Buiten het ziekenhuis en aan de andere kant van het pad was de met gras begroeide helling bezaaid met patiënten. Sommigen zaten in de schaduw, anderen in de zon. Er klonk gepraat, gehoest en het huilen van een kind. Er waren ook mensen die heel stil zaten, lusteloos. Sam herinnerde zich die lusteloze blik. Amai had er ook zo uitgezien, en Atate, en de mensen in het ziekenhuis die op de dokter zaten te wachten.

Ezelina leek de groepjes mensen af te speuren, op zoek naar iemand. 'Daar!' zei ze. 'Kom.' Ze wenkte hem haar te volgen, de helling op aan de linkerkant, langs de kleren die aan de waslijnen en over de struiken te drogen hingen. Ze liepen voorzichtig tussen de mensen op het gras door en hielden stil op eerbiedige afstand van een man die alleen zat.

'*Muli bwanje*. Hallo, hoe gaat het?' vroeg ze.

'*Ndili bwino, kaia inu.*' De man keek haar lachend aan. ' Het gaat goed, als het goed met jou gaat.' Zijn gezicht was mager en afgetobd. Zijn lijf was ook broodmager.

'*Ndilo bwino. Zikomo.* Het gaat goed. Dank u,' antwoordde Ezelina.

De man staarde naar Sam met troebele ogen. 'En wie is deze jongeman?'

'Dit is Sammy, Oom. De Heer heeft zijn vader en zijn moeder tot zich genomen. Hij is mijn neef en komt nu bij ons wonen.'

'Ah.' De man bleef even stil. Hij keek naar Sam. 'Mijn deelneming. Nu, Sammy, ik weet hoe jij heet, dus moet jij mijn naam ook weten. Ik word Brown genoemd. *Muli bwanje.*'

'*Ndilo bwino, kaia inu,*' antwoordde Sam. Hij probeerde heel hard om niet naar de man te staren. Eén van zijn armen was korter dan de andere. Zijn rechterarm was ter hoogte van zijn elleboog geamputeerd.

'Ga zitten, ga zitten,' zei Brown toen aan alle begroetingen voldaan was.

Ze ploften naast hem op de grond neer.

Ezelina raakte Browns korte arm aan.

Hij lachte naar haar. 'Het is maar goed dat ik er ben, hè? Nou, jongeman, wil jij ook mijn arm aanraken?'

Sam slikte. Hij was nog nooit zo dicht bij iemand geweest die maar één been of één arm of één oog of één wat dan ook had. Hij had nog nooit iemand aangeraakt die niet symmetrisch was. Dat bracht geluk, dat had zijn buurman uit de stad hem verteld. Zijn vader had ermee gespot. Achterlijk bijgeloof, had hij gezegd, dat was ouderwets, van het platteland, en Sam moest er maar niet naar luisteren. Maar Atate was dood en Sam was hier.

Brown stak de stomp naar Sam uit. Sam raakte hem aan.

'Zo. Nu zul je een goede dag hebben, toch?' Hij lachte weer naar hen. 'Je moet maar vaker op bezoek komen, Sammy, net als je nichtje. Dan heb ik gezelschap en jij geluk, de Heer zij geprezen.'

'Waar is uw helpster?' Ezelina fronste. Net als iedereen in het ziekenhuis had ook Brown een familielid dat voor hem zorgde, zijn was deed en voor hem kookte.

Hij draaide zich om en riep: 'Stella!'

Een mollige vrouw die haar haar onder een *doekie* had gestopt, kwam uit het washuis achter hen te voorschijn. Waterdruppels op haar enkels glinsterden in de zon. 'Wat is er, oude man? Ik ben nog met uw was bezig.'

'Dat is Stella,' zei hij tegen Sam toen de vrouw weer naar binnen ging.

Sam hoorde het spetteren van water en het geluid van stemmen die zich verhieven. Hij vond dit een fijn ziekenhuis, dacht hij een beetje verrast. En deze wachtkamer in de open lucht was een goede plek. Waarom had Amai hier niet kunnen zijn?

'Mijn dochter is een goede vrouw en ze zorgt voor me. Net als jouw tante, Sammy. Mercy is ook een goede vrouw. We hebben samen gespeeld toen ik net zo oud was als jij.' Hij zuchtte eens. 'Gaan jullie nu dat hout maar halen.'

Sam knipperde verbaasd. Hoe wist hij dat ze hout gingen halen?

Brown glimlachte. 'Ezelina loopt altijd zo om hout te halen,' zei hij. 'Dat is geen geheim.'

'Ook ik zal deze weg nemen,' zei Sam ernstig. Hij stond op en ze namen afscheid van de man.

Ze liepen het pad af, voorbij de oude vrouw met haar piramide van blikjes drank, voorbij het kind dat pinda's verkocht, de vrouw die stukken banaan frituurde in een hete pan boven een vuur, het suikerriet om op te kauwen dat klaarlag om verkocht te worden en nog een jongen met een bord vol zelfgemaakte zoetigheid.

Sam bleef staan bij een tafel vol kruiden en schaaltjes met gekneusde twijgjes erop. Hij tuurde naar een glazen potje waarin iets bruins zat opgerold. Hij stak zijn hand ernaar uit om het op te pakken zodat hij het beter kon bekijken.

'Niet doen!' Ezelina sloeg zijn hand weg. 'Hij is de *sing'anga*,' fluisterde ze en ze wierp een respectvolle blik op de man achter de tafel die naar een punt ergens boven hun hoofden staarde en hen negeerde.

'O.' Sam hield zijn adem in. Hij had er eigenlijk nog nooit een gezien en had niet verwacht dat ze een gewone broek en een wit shirt zouden dragen. Hij was een keer thuisgekomen en toen was Amais vriendin er geweest. Ze had Amai gesmeekt: 'Je kunt toch ten minsjte het medisjijn van de *sjing'anga* proberen.' 'En hoe zou dat me helpen?' had Amai gevraagd. 'Ik heb niet lang meer...' Ze hielden op met praten toen hij de kamer in kwam. De vriendin had het flesje op het kastje naast het bed gezet voor ze wegging. 'Probeer het nou.' Dat had Amai gedaan. 'Bah! Gooi het weg!' had ze tegen Sam gezegd. 'Het is smerig!'

Dat had hij niet gedaan. Hij had het mee naar buiten genomen. Daar had hij een gat gegraven onder haar lievelingsstruik, een gele acacia. Hij had het flesje rechtop in het gat gezet zodat het medicijn er niet uit zou lopen. Terwijl hij het met zand bedekte had hij gebeden: 'O, machtige geest in de fles, stuur haar alstublieft uw stralen zodat ze beter wordt.' Daarna had hij wat van de bloeiende gele twijgjes afgeknipt en die met water in een jampotje op het kastje naast haar bed gezet. Telkens, net voor de bloemetjes verwelkten, had hij wat andere twijgjes afgeknipt en hij haalde de verwelkte bloemetjes er pas uit nadat hij ze door verse had vervan-

43

gen, zodat er altijd wat naast haar stonden. Het had gewerkt, eventjes. De doktoren hadden Amai vier weken gegeven, maar het had tien weken geduurd voor ze was gestorven. Sam had het bijgehouden.

Hij keek over zijn schouder naar de man terwijl ze voorbijliepen, maar de man staarde onverstoorbaar voor zich uit.

Sam draaide zich met een ruk om en rende terug. 'Alstublieft...'

De *sing'anga* keek op hem neer.

'*Muli bwanje*,' zei Sam snel.

'*Ndili bwino, kaia inu.*' De stem van de man was zo diep dat die uit de grond onder zijn voeten had kunnen komen.

'*Ndili bwino, zikomo.* Alstublieft, als Amai het medicijn van de *sing'anga* had genomen, had ze dan nu nog geleefd?'

'Jongen, ik ken je amai niet.'

Wat was dat nu voor een antwoord? 'Vertel het me!' Sam stampte bijna met zijn voet op de grond, maar Ezelina stond naast hem en trok aan zijn arm.

'Kom op, Sam.' Ze trok hem mee.

'Wat is er? Ben je soms bang voor hem of zo?' Hij verdraaide bijna zijn nek terwijl hij naar de man bleef staren. Ezelina hield zijn arm nog steeds in een ijzeren greep.

'Nee. Hij is maar een medicijnman.'

'Waarom dan?'

'Je was zo brutaal!'

'Maar hij wilde geen antwoord geven.' Sam keek weer om. De man staarde weer in het niets. Het was alsof ze nooit een woord tegen elkaar hadden gezegd. 'Ik heb het *sing'anga* medicijn in de grond gestopt toen Amai het niet wilde hebben,' en hij vertelde haar snel het hele verhaal.

'Mijn atate kreeg *sing'anga* kruiden. Maar zijn dood was waarschijnlijk voorbestemd,' zei ze nuchter. 'Misschien had je de *nchimi* om een betovering moeten vragen.'

Hij stond stokstijf stil. Er liep een rilling over zijn rug. Atate en Amai hadden gezegd dat toverdoktoren geen macht meer hadden, maar Gideon had hem uitgelachen toen hij hem dat had verteld. Híj had gezegd dat ze op het platteland nog enorm veel invloed hadden.

'Heb jij dat ooit gedaan?'

'Natuurlijk niet.'

'Ook niet toen je atate ziek was?'

Ze schudde haar hoofd.

'Is er eentje hier in de buurt?' De vragen bleven maar komen.

Ze schudde haar hoofd, knikte. Ze keek bezorgd.

'Ben je bang voor de *nchimi*?'

Ze keek hem recht aan, heel serieus. 'Als je naar de *nchimi* vraagt, word je veranderd in een kakkerlak.'

'Een kakkerlak?' vroeg Sam geschrokken. Dan zou er iemand op hem gaan staan en hem vermorzelen, verpletteren. Hij kon het zich zó voorstellen.

Ezelina wachtte niet op hem. Ze was de hoek al om.

Sam zuchtte eens. Het was allemaal toch al te laat. Amai was er niet meer.

Toen hij Ezelina eindelijk had ingehaald, was er geen zon en geen gras meer, alleen maar de schaduw van de hoge bomen aan weerskanten van het pad en kippen die rondpikten op de grond.

Ze liepen voorbij een hut waar zakken meel en suiker en blikjes melkpoeder op de vensterbank te koop stonden. Op een krat eronder, die ondersteboven stond, lagen twee trossen bananen. Het water liep Sam in de mond. Konden ze maar stoppen om de bananen op te eten die Tante hun had gegeven.

'Dit is een goede plek,' zei Ezelina. Ze stonden nu onder een oude boom aan de rand van een veld. 'Raap zoveel takken op als je kunt dragen.'

'Thuis hebben we geen hout nodig,' zei hij tegen haar gebogen

rug; ze was al begonnen. 'Wij koken op een elektrisch fornuis.'
Ze bromde wat.

Hij zuchtte en bukte toen ook maar. Ze verzamelden het hout in
stilte. Toen ze klaar waren, was haar stapel groter dan die van hem
en ze moest zijn rommelige berg op orde brengen totdat de takken net zo netjes op elkaar lagen als die van haar. 'Hou vast.' Ze
legde ze bij haar eigen verzameling, trok een rafelig stuk touw uit
haar zak en bond ze allemaal bij elkaar. Ze tilde de bundel
omhoog, legde hem op haar hoofd en begon weer te lopen. Toen
besefte ze dat hij haar niet volgde en ze draaide zich naar hem om.
'Wat ben je aan het doen?'

Sam had een tak in zijn hand en was bezig een van zijn sneakers
schoon te maken. Hij stak zijn linkervoet naar haar uit. 'Mijn
schoenen. Kijk, ze zijn vies. Amai zal boos worden.' Hij boog zijn
hoofd zodat hij Ezelina niet hoefde aan te kijken. Zijn amai was er
niet meer. Nou, dan zou Tante boos worden. 'Ze gaf ze me voor
mijn verjaardag.'

'Waarom draag je ze als ze zo speciaal zijn? Als je ze niet draagt,
worden ze ook niet vies, toch?' riep Ezelina over haar schouder terwijl ze terugliep naar het pad. Het leek haar niets te kunnen schelen. Maar hij had het gevoel dat Amai dicht bij hem was als hij ze
droeg. Bovendien lieten ze zien dat hij niet zomaar een dorpsjon-
gen was.

'Amai,' fluisterde hij. 'Amai.' Hij wilde dat hij weer bij haar was,
thuis in de stad. Hij had zich wel oké gevoeld bij het zien van het
ziekenhuis, de ontmoeting met Brown en het verzamelen van
brandhout. Maar dit was niet thuis. Alleen plattelandsmensen
kochten medicijnen van de *sing'anga* én van de dokter. Maar hij
had toch ook de stomp van Brown aangeraakt en hij had Amais
medicijn niet weggegooid. Wat was hij dan? Hij had mooie blauwe sneakers omdat ze niet arm waren, ze waren niet ononwik-
keld; alleen mensen in de rimboe en arme mensen hadden geen

schoenen. Dat had Amai altijd gezegd. Tante Mercy had schoenen gedragen. Ezelina niet, toen hij hier was aangekomen; zijn neven evenmin. Nu droeg ze rubberen slippers.

Hij vond haar toch aardig, zelfs al was ze arm en onontwikkeld. 'Wacht op mij!'

Tegen de tijd dat hij haar eindelijk had ingehaald, stond ze langs het pad, tilde de bundel brandhout van haar hoofd en legde die voorzichtig op de grond. 'Nu eten we onze bananen op.' Ze ging op een steen langs de kant van de weg zitten en spreidde haar rok uit. Sam pakte de banaan aan die ze hem gaf. Hij pelde hem en ze aten in stilte. Sam deed zijn ogen dicht. Hij was opeens moe, zo moe dat hij zo op de grond kon gaan liggen om een dutje te doen. Op het moment dat zijn hoofd begon te zakken, stootte Ezelina hem aan. 'Zie je de zon?' Met samengeknepen ogen tuurde ze omhoog. 'We moeten het hout naar huis brengen.'

De zon stond al lager aan de hemel, dicht bij de berg die de helft van de lucht vóór hen in beslag nam.

'Is hij gevaarlijk?' Sam tuurde ook omhoog.

'De berg, Mount Mandingwe?'

'Is hij gevaarlijk?' vroeg hij weer.

'Vreemdelingen beklimmen hem soms, mensen uit andere landen. Er zijn daar ook dorpen, geloof ik.' Ze fronste. 'De berg is daar en wij zijn hier. Hij zal ons hier niet komen pakken en wij lopen niet op zijn hellingen. Als we dat wel doen, worden we in hagedissen veranderd.'

'Wie zegt dat?'

'Iedereen.'

'Maar je zei net dat vreemdelingen er naar boven gaan.'

Ze haalde haar schouders op. 'Vreemdelingen zijn anders. Trouwens, hij beschermt ons. Zie je?' Ze stond op en draaide rond. 'We kunnen hem zien waar we ook zijn, en waar wij ook zijn, ziet hij ons.'

De berg stond alleen, hoog boven de struiken, het gras en de aarde. De top was in wolken gehuld, waardoor Sam niet kon zien hoe hoog hij was. Hij stelde zich een paar enorme ogen voor binnen die wolk en sloeg snel zijn ogen neer.

'Net als mijn vaders geest,' zei ze.

'En die van mijn moeder,' zei hij flink.

Ze keek hem medelijdend aan. Hij merkte het niet.

8

Sam werd wakker en heel even wist hij niet waar hij was. Hij ging op zijn rug liggen en kromp in elkaar. De grond onder hem was koud. Dit was niet zijn eigen bed. Hij lag op een mat op hard, koud beton. Het luik voor het raam was stevig dichtgemaakt, maar door een klein kiertje naast de gesloten deur kroop een straaltje licht over de vloer. Hij draaide zijn hoofd opzij en dwong zichzelf om naar de duisternis onder het bed te turen. Hij ademde opgelucht uit: geen tokolosh – tenminste, voor zover hij kon zien. Op het bed lag Tante en Chikondi lag veilig tegen haar aan gekruld. Hij draaide zijn hoofd de andere kant op. Naast hem lagen op een rijtje, ieder op zijn eigen mat, Macdonald, Enock en daarnaast Ezelina. Iedereen sliep.

Sam staarde naar het dak. Er klonk daarboven tussen de takken geritsel van een hagedis die zich uit de voeten maakte.

Hij keek weer omlaag en zag vanuit zijn ooghoek rechts van zich iets bewegen. Macdonald had zijn ogen open en lag hem op te nemen. Ze keken elkaar aan. De vorige avond, toen Sam terugkwam van de latrine, had Macdonald in zijn koffer zitten snuffelen terwijl de anderen toekeken. Hij had niet geweten wat hij moest zeggen en was daar ook maar blijven staan terwijl Macdonald door zijn spullen rommelde. Als Macdonald het hem gevraagd had, had hij het niet erg gevonden. Nou ja, dan had hij het minder erg gevonden. Het leek zelfs alsof Macdonald hem had willen pesten door gewoon door te gaan terwijl hij weer terug was. Een poosje later was hij opgehouden en had het deksel dichtgedaan. Er werd geen woord gezegd.

Nu draaide Macdonald hem zijn rug toe.

Sam sloot zijn ogen en zonk weer weg in een onrustige slaap. In zijn droom kwam Brown naar hem toe gehobbeld, zijn stomp naar hem uitgestrekt. 'Kus hem,' beval hij. Macdonald, lang en mager, stond lachend tussen hen in. Zijn lachen ging over in kakelen en hij kwam dichterbij en dichterbij tot hij recht in Sams gezicht stond te kakelen, en achter hem verschenen vlammen en zwarte rookwolken en het litteken op zijn wang zag er strak en glanzend uit. Sam zag dat het een litteken van een brandwond was.

Toen Sam weer wakker werd, stond het raam open en stroomde het licht de hut binnen. Enock rolde zijn mat op en door de deuropening zag Sam de haan op zijn tenen staan, met zijn vleugels klappend en luid kraaiend.

Heel even voelde hij zich blij. Maar toen herinnerde hij zich de droom en voelde hij zich weer vreemd. Hij had zijn moeder vaak gevraagd waarom hij geen broers of zussen had. Hij had een grotere familie willen hebben. Nu wilde hij alleen maar dat hij weer alleen was, thuis, bij Amai.

Ezelina, die een zelfgemaakte onderbroek droeg, stond bij de muur. Ze pakte een rokje en een shirt van de spijker, schudde ze even uit en trok ze toen aan. Sam deed snel zijn ogen dicht toen hij Tante Mercy aan zag komen. Ze boog zich over hem heen.

'Goedemorgen, lieverd.' Ze gaf hem een knuffel.

Over haar schouder zag Sam Macdonald toekijken met een hongerige blik op zijn gezicht. Sam keek snel een andere kant op.

'Ga je maar wassen aan de kraan.' Zijn tante duwde zijn kin wat omhoog en wreef met haar duim over zijn wang. 'Kom op. De anderen zijn al op en aangekleed. Alles zal eerst vreemd voelen en anders lijken. Ontbijten zal helpen.'

De vorige avond was als in een waas aan hem voorbijgetrokken. Hij was zo moe geweest dat hij zich nog nauwelijks herinnerde dat Tante Mercy was thuisgekomen en gekookt had. Vlak na het eten had ze gezegd dat hij zijn mat moest uitrollen en toen was hij meteen gaan liggen.

Tante Mercy hurkte nu buiten bij het vuur en roerde in een pan. Chikondi zat lachend en pruttelend naast haar op de grond. Macdonald en een paar andere jongens waren met stokken en een steen aan het spelen, maar Sam kon niet zien wat voor een spel het was. Hij liep naar de kraan aan de rand van het erf, gooide wat water in zijn gezicht en begon te boenen. De droge aarde was al nat geworden van het water dat de andere kinderen gebruikt hadden en de modder kwam tussen zijn tenen omhoog. Sam vond er niets aan. Hij ging weer naar binnen om zijn schoenen aan te trekken, maar kreeg daar de kans niet voor.

'Je moet je mat oprollen, anders wordt mijn amai boos.' Ezelina zette kommen op tafel die ze van de plank achter het katoenen gordijn had gepakt.

'Wat doe je?' vroeg Enock. 'Waarom eten we binnen?'

'Zodat hij zich een beetje thuis kan voelen,' zei Ezelina zachtjes. 'Alleen voor vandaag. Amai zei dat hij in de stad altijd binnen at.'

Sams gezicht gloeide. Hij voelde zich dwaas. Ze hadden het over hem. Ze hadden gisteravond buiten gegeten, maar dat had hij nauwelijks gemerkt. Het enige dat hij toen had gewild, was gaan liggen en aan alles ontsnappen in zijn slaap.

'Erachteraan!' riep Enock. 'Tumbu vlieg! Sla 'm dood!'

'Waar?'

'Daar!' Sam gaf hem een mep met zijn schoen. Na een laatste stuiptrekking lag de vlieg stil.

Enock begon meteen aan zijn elleboog te krabben.

'Niet doen!' riep Ezelina. 'Tumbu,' zei ze tegen Sam bij wijze van uitleg. Hij knikte. Als die op je kleren landden, legden ze eitjes en die kwamen dan later onder je huid uit. Behalve als Amai er was om je kleren heel goed te strijken, want daar gingen de eitjes dood van.

51

Enock trok zijn neus op naar zijn bazige tweelingzus.

'Wil je deze kom even met water vullen bij de kraan?' vroeg ze aan Sam.

Voorzichtig en zonder een druppel te morsen, gaf hij haar even later de plastic kom. Ze liet iedereen zijn handen erin wassen. Tante Mercy zat op een kruk, Macdonald ook en Enock op een derde. 'Laat Sam maar op de vierde kruk zitten,' zei Tante Mercy tegen Ezelina.

Ezelina vertrok geen spier. Ze ging naast hem aan tafel staan. Sam keek naar het emaillen bord dat voor hem stond. Het was geel met een roze rand. Hij keek naar dat van Ezelina. Ze waren precies hetzelfde als die ze thuis hadden gehad, met een bloem in het midden.

'Ik heb wat kleine dingen meegenomen,' zei Tante Mercy, die zag dat hij ze bekeek. 'Ik dacht niet dat meneer Gunya zelf borden nodig had. Hij zou ze alleen maar verkocht hebben.'

Sam greep het bord stevig vast. 'Geef eens hier, Sam,' zei ze. Hij gaf het haar. Ze schudde er een kwak witte *nsima* op en wat gekookte bonen voor erbij. Hij trok het bord naar zich toe om te gaan eten.

'We hebben nog niet gebeden, Sammy,' zei Tante Mercy afkeurend. De anderen staarden hem aan.

Hij liet zijn handen op zijn schoot vallen.

'Lieve Heer, dank U voor het eten dat U ons gegeven heeft en dat U Samuel bij ons heeft gebracht,' zei Tante.

'Amen,' riep iedereen in koor.

Sam zocht naar een lepel op tafel, maar die was er niet, dus deed hij de anderen maar na. Hij nam wat van de *nsima*, rolde er een paar bonen in en at dat zo op. Lippen smakten en monden slurpten terwijl ze de dikke, vaste witte maïspap en de bonen tot een balletje rolden en in hun monden stopten. Sam hield de kom met zijn linkerhand stevig vast en elke keer dat hij eten in zijn hand had stelde hij zich zijn moeder voor… Het was niet zo moeilijk, vooral niet omdat ze in stilte aten, zoals gebruikelijk was. Hij keek niemand aan; hij keek alleen maar naar zijn bord en het geboende hout van de tafel.

'Enock, het is vandaag jouw beurt om het brandhout te halen. En krab niet aan je arm! Sammy, jij veegt het erf; Macdonald…' Hun borden waren leeg en Tante Mercy begon de klusjes te verdelen.

Sam stond al buiten met de bezem die Enock hem gegeven had; een lange bundel takken die in het midden waren samengebonden. Hij duwde hem onhandig voor zich uit, trok hem terug. Het voelde stijf, raar. Hij duwde weer.

Macdonald duwde hem opzij en pakte de bezem van hem af. 'Zo moet het,' zei hij minachtend. Hij maakte halve cirkels in de aarde om hem heen, zijn lijf draaide moeiteloos.

'Vrouwenwerk,' mompelde Sam.

Macdonald stond stil. 'Noem je mij een vrouw?'

Sam haalde zijn schouders op. 'Ik? Nee hoor.'

'Macdonald is een vrouw! Macdonald is een vrouw!' Enock sprong vrolijk rond.

Macdonald duwde de bezem naar Sam toe en liep boos terug naar de kraan waar hij de borden stond af te wassen.

Sam kookte vanbinnen. Hij zou het hem wel eens even laten zien! Hij bukte zich, raapte de bezem op, greep die met beide handen stevig vast en begon in grote bogen te vegen terwijl hij draaide. Na een tijdje had hij een ritme te pakken en maakte hij gaandeweg patronen op het erf, cirkels en halve cirkels en kleinere boogjes rond het kleine strookje liefdevol verzorgde, helderrode geraniums. Grote bogen op de lege stukken, totdat uiteindelijk het hele erf een patroon van bogen vertoonde. Hij bekeek het geheel trots.

'Ksst!' riep hij naar de kippen. 'Ga weg!' Hun spichtige pootjes lieten sporen achter op de pas geveegde rode aarde.

Een van de jongens die er de vorige dag was geweest, kwam langsrennen. Hij rolde een oude autoband voor zich uit met een stok. Toen hij Sam zag stond hij stil. 'Hé, Sammy!' De band wiebelde en viel toen om. 'Houd jij van voetballen?'

'Op school zat ik in het team.'

'Mooi. Doe je dan mee? Enock, kom je?' riep hij.

'Eerst moet hij hier zijn werk afmaken,' riep Ezelina vanuit de hut.

'Later, Ezza,' zei Enock. 'Macdonald, kom je?'

Ezelina kwam naar buiten. 'Maar je bent nog niet klaar…'

'Ik wel,' zei Sam. 'Kijk,' en hij rende naar binnen. Zijn sneakers zaten nog onder de vlekken van de vorige dag en waren ook nog een beetje nat, maar je kon nog wel zien dat ze blauw waren. Hij ging op de grond zitten en duwde zijn voeten erin, deed ze stevig dicht en stampte eens op de grond. De lichtjes deden het nog. Hij rende over het pad achter de anderen aan. Enock ging voor hem aan de kant en onderweg renden andere jongens ook achter hen aan. Macdonald en hij waren verreweg de langsten, maar Macdonald was een paar jaar ouder dan hij. Met een onbehaaglijk gevoel zag hij dat Macdonald met een andere jongen over hem leek te praten, en dat ze lachten.

Maar dat vergat hij allemaal meteen toen ze het veld oprenden. Hij moest toegeven dat het geen slecht veld was. Nou ja, het veld liep een beetje af in de richting van een doelpaal, daar waar de kleine markt was, en in de doelgebieden groeide bijna geen gras. Voor de rest viel het mee. Hij ging al snel helemaal op in het spel. Dit kende hij. Hij tackelde iemand en kreeg de bal. Hij denderde het veld op.

'Blauwe schoenen! Hier, blauwe schoenen! Naar mij!'

Hij keek om zich heen. Een jongen kwam vanaf de zijkant naar hem toe gerend, druk gebarend.

'Blauwe schoenen!' riep een andere jongen, eentje van het andere team.

Sam stond stil, aarzelde.

'Blauwe schoenen!' klonk het ergens achter hem en zijn tegenstander kwam op hem afgerend. De jongen haakte de bal met zijn voet naar zich toe, kreeg hem te pakken en ging ermee vandoor. Op blote voeten.

Sam keek om zich heen. Hij had nog nooit geprobeerd op blote voeten te voetballen, dat was nooit nodig geweest. Het had spottend geklonken toen ze 'blauwe schoenen!' riepen. Dat had hij niet verwacht. Hij bleef aarzelend langs de lijn staan terwijl het spel zonder hem verderging. De meeste jongens droegen geen schoenen. Een paar hadden oude versleten schoenen aan, of gymschoenen, en bijna overal ontbraken de veters. Sam had gymschoenen in zijn koffer zitten, maar die kon hij nu niet gaan halen. Niet nu iedereen al aan het voetballen was.

Hij ging snel achter het doel staan, trok zijn sneakers uit en rende terug het veld op. Nu was hij net als de anderen.

'Hé!' Enock kwam naast hem tot stilstand en wees naar beneden. 'Ik heb ze uitgetrokken. En?'

'Mag ik ze dan aan?'

Maar Sam gaf geen antwoord, want opeens was daar de bal en hadden ze het te druk met het verdedigen van hun doel. Het was een vervelend gevoel om zo zonder schoenen te voetballen, daar was hij helemaal niet aan gewend. Er lagen overal scherpe kleine steentjes in het gras, maar hij klemde zijn kaken op elkaar en ging door. Als zij het zonder schoenen konden, kon hij dat ook. Hij zou eraan wennen, dat zou hem lukken. Hij zou ze wel eens wat laten zien. Hij had in het Sint-Mungoteam gezeten die keer toen ze het Mbaleteam hadden verslagen.

Na afloop rende hij naar het doel om zijn sneakers op te halen. Hij was tevreden over hoe de wedstrijd was verlopen.

Ze waren weg.

'Enock!' riep hij. Hij zocht hem op het veld, maar zag al snel dat Enock ze niet aanhad.

Hij draaide zich om. 'Waar zijn mijn sneakers?' riep hij tegen de keeper.

De keeper schrok op. 'Ik weet het niet. Misschien heeft iemand ze geleend.'

'Geleend?' Hij schreeuwde nu. 'Gestolen, bedoel je.'

De jongens om hen heen staarden hem geschokt aan. Wie noemde dit groentje een dief? Ze hadden hem mee laten spelen, en nu gebeurde er dit?

Enock kwam aangerend. 'Sam is mijn neef! Wie heeft zijn schoenen gepakt? Het zijn mooie sneakers; er zitten zelfs lichtjes op.' Hij stampte op de grond.

'Alsof we dat nog niet wisten.'

Enock negeerde Macdonald. 'Help ons zoeken,' vroeg hij aan de spelers.

Nu begon iedereen te schreeuwen. Het leek alsof ze allemaal wat te zeggen hadden.

'Ah, nee. Kom op. Laten we verdergaan.'

'Wie is dat joch eigenlijk?'

Een paar jongens hielpen zoeken, maar ze verloren hun belangstelling toen ze de schoenen niet meteen vonden. Uiteindelijk gingen ze er in groepjes vandoor.

Sam rende naar het huis van de buitenlandse dokter, zoals hij vroeger altijd naar Amai was gerend. Hij twijfelde even bij de heg, maar toen rende hij zo snel als hij kon de hoek om. De hond blafte en Sam hoorde zijn nagels op de veranda tikken, maar het was hem gelukt de hond te verrassen en hij was nu sneller. Hij rende de laatste hoek om en was aan de achterkant van het huis. 'Mijn sneakers! Iemand heeft mijn sneakers gestolen. Amai had ze me voor mijn verjaardag gegeven!'

'Stil, anders gaan de baby's huilen. Vertel eens wat er gebeurd is.'

Hij vertelde haar het hele verhaal maar toen hij klaar was, trok ze hem niet naar zich toe. Niet zoals Amai zou hebben gedaan.

'Waarom heb je ze daar ook laten liggen, domme jongen?'

Alsof het zijn schuld was! Hij staarde haar aan.

'Waarom heb je ze trouwens aangetrokken om te gaan voetballen? Je hebt een paar goede gymschoenen. Ik heb je ze zien inpakken.'

'Daarom.' Hij staarde naar de grond. Omdat ik ze zo graag wilde laten zien, wilde hij toegeven, maar dat deed hij niet. Tante zou dat waarschijnlijk geen goede reden vinden.

'Ga maar naar huis,' zei ze. 'Hup! Ik kom straks.'

Daar ging hij dan maar. Wat kon hij anders doen? Zijn voeten deden pijn. Bij de voorkant van het huis trok hij weer even een sprintje naar het veilige pad. Achter hem blafte de hond één keer, twee keer, maar dat was het; hij kwam hem niet achterna.

9

Eenmaal terug op het pad struikelde en viel Sam over dezelfde steen als eerst. Hij stond op en dacht dat hij een soort kreun hoorde. Maar er was niets, tenminste niets wat hij kon zien. Hij huiverde, hoewel het niet koud was. Het was alsof de steen daar expres was gaan liggen, dacht hij. Hij kneep zijn ogen dicht en probeerde zich heel hard Atate te herinneren, zijn gezicht te zien, hem te horen zeggen: 'Het is maar een steen en je bent op een plek die je niet kent.' Maar hij zag Atates gezicht niet – en Atate was dood. 'Laat me er alstublieft langs, steen,' zei hij. Misschien zat er wel een tokolosh in.

Een geit mekkerde. Ze liep met een kwispelend ruig staartje onder de boog door naar het ziekenhuis. Een vrouw, eentje die niet de kleren van een verpleegster droeg, liep er ook onderdoor. Sam aarzelde even, maar volgde toen. Hij liep met een boog om de steen heen en haalde opgelucht adem. De geit sprong op de dichtstbijzijnde veranda. Dat deed Sam ook. De geit huppelde door de eerste open deur naar binnen en Sam hoorde haar weer mekkeren. Hij gluurde naar binnen. De geit liep van bed naar bed en snuffelde aan de vrouwen die er lagen alsof ze op zoek was naar iemand. Bij één bed hielpen een helpster en een verpleegster een patiënt rechtop te gaan zitten.

Sam slenterde verder over de veranda. Hij liet zijn vingers langs de ruwe muur glijden. Het was een fijn gevoel, net als dat van de warme vloer onder zijn blote voeten. 'Je hebt schoenen, dan hoef je ook niet op blote voeten te lopen,' had Amai altijd gezegd. Sam hield eigenlijk wel van het ruwe gevoel van de vloer aan zijn voeten. Maar dat betekende niet dat hij zijn schoenen niet terug wilde hebben.

Er klonk een gedempt gevloek. Het kwam uit het open raam even verderop.

Sam liep ernaartoe en keek naar binnen.

Een vierkant lichtvlak en een toetsenbord. Een computer! Modern licht gloeide van een modern scherm. Een man sloeg gefrustreerd met zijn handen op het bureau.

'*Muli bwanje!*' riep Sam vanuit de deuropening. Hij was zijn angst en verdriet in één klap vergeten.

'*Ndili bwino, kaia inu,*' klonk het antwoord toen de man zich in zijn stoel omdraaide om hem aan te kijken.

'*Ndili bwino, zikomo.*'

'Wie ben jij?'

'Ik ben Sam. Ik heb er ook zo een.' Hij wees naar de computer.

De man keek naar de computer en toen verbaasd naar Sam. 'Hier? In het dorp? Alleen de stafleden hebben elektriciteit, via de generator. Logeer je bij een van hen? Ik ken je niet.'

'Ik kon hem niet meenemen,' bekende Sam. 'Ik logeer bij mijn tante, maar thuis ben ik er de hele dag me bezig,' overdreef hij. 'Ik ben heel goed met computers.'

'Hm,' bromde de man.

'Kan ik helpen?' Sam stapte ongevraagd de kamer in.

'Ik denk het niet.' De man zuchtte. 'Dit moet allemaal kleiner en het moet in kolommen staan.'

Sam leunde over zijn schouder. 'Het hele document?' Hij drukte op wat knoppen en de tekst en de figuren op het scherm stelden zich anders op. 'Is het zo goed?'

'Nou, ja,' gaf de man schoorvoetend toe. 'Oké, kom maar. Laat me nu maar zien hoe je deze bestanden in een map stopt. Nu je hier toch bent.'

'Dat is een makkie.' Sam trok er al een stoel bij en ging zitten.

'Hoe moet de map heten? Welke bestanden moet ik erin doen?'

De binnendeur ging open. 'Weet u wat er met de laatste levering van spuiten is gebeurd, meneer Bwinji?' Daar stond een lange blanke man met doordringende blauwe ogen en kort blond haar. Hij had donkere kringen onder zijn ogen. 'Hé hallo, wie ben jij?' vroeg hij vermoeid.

Sam schoof zijn stoel achteruit en stond op. Hij herkende de man van de terreinwagen. Dit was dus de buitenlander voor wie Tante Mercy werkte; de vader van Bart en Robbie. '*Muli bwanje*.'

De man beantwoordde zijn begroeting kortaf.

'Mijn naam is Samuel Sangala. Mijn amai is dood en mijn atate ook. Ik blijf een tijdje bij mijn tante.'

De man bekeek hem eens. Hij ging met zijn onderarm over zijn voorhoofd om het zweet weg te vegen en lachte vermoeid.

'Bedankt voor de uitleg, maar wat ik eigenlijk bedoelde is: wat doe je hier in het kantoor?'

'Ik help meneer, eh, meneer Bwinji.'

'O. Is dat zo?' Hij keek meneer Bwinji aan.

'De jongen heeft me met iets ingewikkelds geholpen.'

Sam zei bijna dat het helemaal niet ingewikkeld was, maar hij deed bijtijds zijn mond dicht voor hij dat eruit flapte.

'Hm.' Hij klonk helemaal niet blij en hij zag er afgemat uit. 'We praten hier later wel verder over, meneer Bwinji – en we moeten echt weten waar die spuiten gebleven zijn. Ik ben in mijn kantoor.' Hij liep de kamer uit en sloot de deur met een ferme klik achter zich.

Sam ging weer op de stoel zitten, zijn handen lagen al voor het toetsenbord. 'Waar kan ik u nog meer mee helpen? Ik hielp Amai met haar werk als ze het te druk had.' Of als ze te moe was van-wege De Ziekte, maar dat vertelde hij er niet bij. 'U hebt nog geen paginanummers ingevoegd. Wilt u die niet?'

'Jawel,' zei meneer Bwinji met een zucht. 'En het lettertype klopt

ook niet en er zijn nog wat kleine dingetjes. Maar ga nu alsjeblieft weg want ik moet naar het kantoor van de directeur.'
'Is dat de man die hier net was? Is hij ook de dokter?'
'Ja, hij is een van de doktoren. Hij komt uit Nederland.'
'O. Waar ligt Nederland?' Sam was tijd aan het rekken.
'Dat ligt in het noorden van Europa.'
'Waarom…'
'Misschien kun je later eens terugkomen om me te helpen,' onderbrak meneer Bwinji hem voor Sam nog meer vragen kon stellen.
Sams gezicht klaarde op. 'Wanneer? Morgen?'
'We zien wel. Ik beloof niets.'

Sam sprong van de veranda af. 'Au!' Hij was op een scherpe steen gesprongen. Hij liep voorzichtig over het pad terug naar Tantes hut, zoals ze hem gezegd had. Zijn voeten leken nu op elke scherpe steen te stappen die er lag en tegen de tijd dat hij er was, moest hij moeite doen om niet te strompelen.
'Iemand heeft mijn schoenen gestolen,' vertelde hij aan Ezelina. Hij wachtte op haar medeleven. Hij kreeg het niet.
'Je bent gestoord. Waarom heb je ze uitgetrokken?'
Hij keek haar boos aan. Het kon niemand iets schelen. Hij zou het er tegen niemand meer over hebben, niemand! Misschien, als hij niets zei, kwamen ze vanzelf weer tevoorschijn, dacht hij.
Het zou Amai wél iets hebben kunnen schelen. Hij liep de hut in en staarde naar de foto. Hij streelde haar gezicht met zijn vinger, heel zachtjes. Toen ging hij op de grond zitten, veegde het stof van zijn voetzolen en trok zijn gymschoenen aan. Hij knielde naast zijn koffer, draaide de sleutel om en gooide de deksel open, duwde zijn T-shirts aan de kant en pakte er de twee boeken uit die daar lagen. Hij klemde ze tegen zijn borst. *Oliver Twist.* Als het thuis bedtijd was klom hij in bed, nestelde zich onder het laken en dan kwam Amai naast hem zitten. Ze leunde tegen de muur, haar benen uit-

gestrekt naast die van hem, en dan las ze hem voor. Op de avond van zijn verjaardag had ze hem gevraagd waarom hij zijn nieuwe schoenen niet had aangehouden en hij had gezegd dat hij dat graag had gedaan, maar dat ze te speciaal waren. Daar had ze om moeten lachen en ze had hem gekieteld tot hij om genade had gesmeekt. Toen waren ze aan *Oliver Twist* begonnen. Daarna had ze hem er regelmatig uit voorgelezen. Als ze niet te erg moest hoesten. Ze hadden het boek niet helemaal uit gekregen. Hij had zichzelf eigenlijk nooit voorgesteld dat hij een wees was, zoals Oliver. Andere kinderen werden wees, hij niet. Hij had er nu toch geen zin in om het te lezen. Tenminste, nog niet. Hij legde het terug en pakte het andere weer op: zijn geliefde *De reizen van Mansa Musa*, dat had hij al minstens drie keer gelezen. Hij liep ermee naar de tafel, ging zitten en streek de eerste bladzijde glad.

'Mijn naam is Mansa Musa,' las hij, zijn lippen bewegend zonder geluid terwijl hij las, hoewel hij die eerste bekende zinnen nu eigenlijk uit zijn hoofd kende; hij had ze zo vaak gelezen. 'Mijn naam is Mansa Musa. Ik ben geboren in een tijd dat een man een man was en dat alleen mannen die het verdienden vrouwen voor zich wonnen...'

Het geluid buiten vervaagde, het gekletter van borden, het tokken van de kippen, het blaffen van honden, het gelach. Alles vervaagde en hij verloor zichzelf in het boek over de grote koning, reisde met hem mee, op zoek naar zijn verloren ouders.

10

'De Heer is mijn herder, het ontbreekt mij aan niets.
Hij laat mij rusten in groene weiden
En voert mij naar vredig water…'

Sam stond zo plotseling stil dat Enock tegen hem aan botste. 'Dat zong Amai altijd,' zei hij tegen Ezelina die naast hem stond. Hij had het soms met haar mee geneuried.
Ze luisterde niet echt naar hem.
Ze moesten zich haasten om te kunnen zien wat er aan de hand was. Er stond een groepje mensen te zingen bij de deuropening van een van de ziekenhuisgebouwen en er klonk nog meer gezang vanuit het gebouw. Ze drongen naar voren tot ze binnen waren. Er stonden tien bedden in de zaal en er waren ook tien kinderen, sommigen zaten op bed, anderen lagen plat. Matten lagen opgerold op de vloer waar hun moeders of helpsters 's nachts sliepen. Bij ieder bed maakte een helpster een grote plastic tas open. Ze kiepten de tassen om en allerlei kleding – T-shirts, shorts, broeken, van alles – viel op de bedden. Ze pakten de kleren op, ze streken erover met hun handen en hielden ze op naar het licht om ze zingend te bewonderen; ze waren er dolblij mee.
Het was een teken! Dat moest wel. Sam hoefde waarschijnlijk alleen maar naar de hut terug te gaan als ze de visjes hadden die ze voor Tante Mercy moesten halen en daar te wachten, en dan zouden zijn sneakers in net zo'n plastic tas terugkomen, zelfs al was hij niet ziek of aan het doodgaan.
Terwijl de klanken van het laatste couplet wegstierven, klonk er

van buiten gejoel. Ezelina, Enock en Sam wurmden zich weer naar buiten, sprongen van de veranda en renden in de richting van het geluid. Een groep oudere vrouwen, gekleed in losvallende witte bloezen en met witte *doekies* rond het hoofd geknoopt, waren aan het dansen: ze stampten op de grond, bogen voorover, gooiden hun armen de lucht in, draaiden zich om, zongen en jammerden op hoge toon. Ezelina was de eerste die de vrouwen bijviel toen die een lied begonnen te zingen. Ze sprong in het midden van de kring, vlak daarop gevolgd door Enock en daarna door Sam, en ze dansten mee. Sam kreeg het ritme al snel te pakken en hij stampte, bukte, schudde en draaide met iedereen mee.

Een busje kwam vlakbij tot stilstand. De achterdeuren gingen open en nog meer plastic zakken werden naar buiten gegooid. De vrouwen hielden op met dansen, ze pakten ze op en liepen door naar de volgende zaal. Ezelina, Enock en Sam liepen achter hen aan. Meneer Bwinji kwam net in de deuropening staan om naar buiten te kijken toen ze voorbij liepen.

Sam lachte vrolijk naar hem.

'Hallo. Kom je me weer helpen?'

Sam grijnsde nog breder. 'Tuurlijk.' In een mum van tijd was hij op de veranda gesprongen, de kamer ingelopen en achter het toetsenbord gaan zitten.

'Goed. Laat me maar zien hoe ik de lettergrootte kan veranderen. En je zou ook nog paginanummers voor me invoegen.'

Het voelde goed daar zo te zitten en meneer Bwinji uit te leggen hoe het computerprogramma werkte. Op de achtergrond klonk het zingen steeds zachter naarmate de vrouwen verderliepen over het ziekenhuisterrein.

'Kun je me ook laten zien hoe ik op het internet kom?' vroeg meneer Bwinji aan Sam, die druk aan het werk was.

Sam sloeg het document op en kwam weer uit op het bureaublad. 'Ik denk niet dat dat kan.'

'Weet je dat zeker?'

'Ja.' Sam knikte. Hij liep de pictogrammen af met zijn muis, maar het juiste icoontje ontbrak. 'U hebt een internetverbinding nodig.'

'Kun je die voor me op het scherm zetten?'

'Nee.' Sam schudde zijn hoofd. 'Daar hebt u een telefoonaansluiting voor nodig.' Hij klikte onbedoeld op een pictogram en er verscheen een lijst op het scherm.

'Een telefoonaansluiting,' herhaalde meneer Bwinji nadenkend. 'Daar heb ik geen toegang toe.'

Sam keek op toen er iemand over hem heen leunde. Het was de directeur. Sam had hem niet horen binnenkomen.

'Dat zijn vertrouwelijke files! Meneer Bwinji, dat valt me van u tegen. Ik dacht dat we het hier al over gehad hadden. Hup, naar buiten, jongen!'

Sam schoof gekwetst zijn stoel naar achteren. 'Ik wilde alleen maar helpen. Ik hielp Amai altijd,' zei hij protesterend.

'Dat kan wel zo zijn, maar op het moment zijn we met andere zaken bezig. En deze informatie,' hij gebaarde met zijn hand naar het scherm, 'is niet voor jouw ogen bedoeld. En nu wegwezen!'

Uit de radio schalde orgelmuziek en het klonk als het gezucht en gesteun van de doden. Tante Mercy had de radio op de kruk voor haar gezet en hem op zijn allerhardst gedraaid. Ze zat kaarsrecht op haar krukje in de deuropening van de hut te luisteren. Het was zonsondergang, tijd voor de overlijdensberichten van die dag. De orgelklanken stierven langzaam weg en een mannenstem klonk uit de radio. De namen van mannen en vrouwen werden voorgelezen. Bij elke naam klakte Tante met haar tong.

Ezelina had het koken overgenomen en ze hield de pan met kleine grijze visjes in de gaten die ze aan het frituren waren om die avond bij de *nsima* te eten.

Sam slenterde naar de radio toe. 'Hebben ze de naam van Amai ook zo voorgelezen?'

Tante Mercy zette de radio wat zachter. 'Wat zeg je, lieverd?'

'Hebben ze de naam van Amai ook zo voorgelezen?' herhaalde Sam.

'Natuurlijk. Hoe had ik anders kunnen weten dat ze gestorven was?'

'En toen bent u naar de stad gekomen.'

Ze knikte. 'Om je mee naar huis te nemen.' Ze trok hem naar zich toe en gaf hem een knuffel.

Hij kroop tegen haar aan terwijl de namen werden opgenoemd. Hij ademde haar geur in, een mengeling van de zeep waarmee ze zich net had gewassen in het plastic teiltje binnen. en het oude zweet dat nog in haar jurk hing. Amai had meer naar bloemen geroken, dat kwam door het parfum dat ze elke morgen op haar polsen en achter haar oren had gespoten. Soms had hij naar haar gekeken. Soms had ze hem laten kijken; andere keren had ze hem weggejaagd, had ze achter hem aan gezeten en gedreigd hem ook met dat spul te bespuiten totdat ze lachend in de dichtstbijzijnde stoel was neergeploft. Soms. Voordat ze dat niet meer kon, voor die dag dat ze naar bed was gegaan en er niet meer uit was gekomen, voordat ze door het hoesten bijna niet meer kon praten, voordat ze zo vreemd was gaan ruiken.

Maar dat wilde Sam zich niet herinneren. Hij maakte zich los uit Tante Mercy's omhelzing en liep weg van de radio, naar Enock en Macdonald die gebogen stonden over iets onder de boom. Hij was nieuwsgierig naar wat het was.

'Hé, dat is van mij!' Hij kwam verbaasd tot stilstand.

'Dat mogen jullie niet!' Ze hadden zijn *Reizen van Mansa Musa* te pakken. 'Jullie hebben het niet gevraagd!' Hij probeerde het boek weg te grissen. Achter hem gaven de orgelklanken aan dat de berichten voor die dag voorbij waren.

Macdonald hield het stevig vast en er werd wat heen en weer getrokken totdat hij uiteindelijk losliet. 'Houd je stomme boek maar! Je had het me toch niet gegeven als ik het had gevraagd.'

Sam hield het veilig tegen zijn borst geklemd. 'Het is in het Engels. Ik denk niet dat je dat hier op school leert.' Hij schreeuwde naar ze.

Tante Mercy stond naast hen. 'Macdonald, Enock – zeg sorry tegen Sammy, jullie hebben zijn boek gepakt zonder het te vragen.'

De twee keken elkaar verbaasd aan.

'Nu,' zei ze zachtjes en ferm.

'Het spijt me,' zei Enock.

'Sorry,' mompelde Macdonald terwijl hij naar Sam staarde.

Tante Mercy knikte. 'Goed zo. Sammy, kom eens met me mee.' Ze liep voor hem uit de hut in.

'Ze mogen niet zomaar met mijn boek spelen,' zei hij boos. Hij liep achter haar aan. 'Die Macdonald heeft het uit mijn koffer gepakt.'

'Zo is het genoeg.' Ze zuchtte eens diep. 'Eerst je sneakers en nu dit.' Het leek of ze hardop liep te denken. Ze ging op de rand van haar bed zitten en gebaarde naar hem dat hij voor haar moest komen staan. 'Het boek.'

Hij snapte het niet.

'Geef me het boek.'

Hij gaf het haar.

Ze legde het naast zich op het bed en liet haar linkerhand erop rusten. 'Luister, jongeman. Je weet niet zeker of Macdonald het boek heeft gepakt. Voor hetzelfde geld was het Enock.'

Hij deed zijn mond open om wat te zeggen.

'Stil. Ik ben nog niet klaar. Je zei dat Macdonald toch geen Engels kon lezen. Dat kan hij wel. Hij doet het helemaal niet slecht op school. Maar hij heeft geen eigen boek. Ezelina en Enock ook niet. Geen boek zoals dit. We hebben de familiebijbel en dat is het.'

Sam wist van de bijbel af. Hij werd op de plank bewaard, zorgvuldig in een donkerblauwe doek gewikkeld. Elke avond pakte Tante Mercy hem en las eruit voor.

'Je moet leren delen,' herhaalde ze. 'Je bent hier niet alleen. Je hebt veel geluk gekend en nu moet je daar wat van met de anderen delen.'

Hij keek naar beneden, schopte gefrustreerd op de grond. Tranen sprongen hem in de ogen. Geluk? Amai was dood en hij was hier. En zijn sneakers waren weg.

'Kijk me aan.' Haar stem klonk ferm.

'Maar het is niet eerlijk!' barstte hij uit. 'Het is mijn boek!'

Ze staarde hem onbewogen aan tot hij weer naar beneden keek.

'Ik heb gezegd dat je moet leren delen. Je woont hier met andere kinderen. Roep nu alsjeblieft de anderen binnen.'

Hij slofte naar de deur. 'Hé allemaal! Ezelina, Enock, Macdonald! Tante wil jullie spreken!' En hij draaide zich weer om, liep naar binnen en wachtte.

Toen ze er allemaal waren, sprak Tante Mercy: 'Sam zal vanaf nu zijn boek met jullie delen.' Ze gaf het boek aan hem.

Hij staarde haar aan.

'Het zal op de plank staan,' zei ze. 'Jullie kunnen het om beurten lezen, maar jullie moeten er voorzichtig mee omgaan.'

De anderen luisterden stil.

'Als je het leest, wil ik dat je dat binnen doet, hier aan tafel, en ik wil ook dat je altijd eerst je handen wast. Is dat duidelijk?'

Ze knikten.

'Goed zo. Macdonald, wil jij alsjeblieft het boek op de plank zetten?'

Sam gaf het boek met tegenzin aan Macdonald, die het aannam zonder hem aan te kijken. Hij liep naar de plank en zette het boek erop.

Tante Mercy klapte in haar handen en stond op. 'Mooi. Nu, iedereen naar buiten.'

Ze liepen achter haar aan. Het was nu buiten even donker als binnen, op de gloed van het kookvuur na.

Sam liep eerst nog snel naar de plank en legde zijn kostbare boek naast de foto van zijn ouders. Als ze het boek eerlijk moesten delen, zouden zijn ouders het in ieder geval voor hem beschermen als ze het daar konden zien. Hij keek de kamer nog eens rond voor het geval er opeens op magische wijze een plastic tas was verschenen met zijn sneakers erin. Hij tuurde zelfs even onder het bed. Er was geen tas, voor zover hij kon zien.

'*Muli bwanje?*' De oude timmerman stond in de schaduw, aan de rand van hun erf, toen Sam naar buiten kwam gelopen.
'*Ndili bwino,*' riepen ze in koor, en: '*Kaia inu.*'
Tante Mercy liep op haar langzame, statige manier om het kookvuur heen naar de man toe.
'*Ndili bwino, zikomo,*' antwoordde hij.
'Kom erbij,' zei Tante Mercy. 'Eet met ons mee. Sam, haal een kruk.'
'Kende je een van de namen die vandaag werden voorgelezen? Was er een naaste van je bij?' vroeg de timmerman. Hij ging zitten en knikte naar de radio.
'Geen naaste, nee. Twee mensen uit het dorp zijn overleden. Ken je Justice nog, de broer van…'
Sam droomde weg, weg van de luide radio met de overlijdensberichten. Thuis hadden Amai en hij nu samen sap gedronken. Zij zou hem over haar dag hebben verteld, er was altijd wel wat grappigs gebeurd, zoals die keer dat de kleermaker de pijpen van een zijden broek had dichtgenaaid. Of zoals toen de buurman naar de latrine ging en een zwarte mamba achter de deur vond…
'… kleine Robbie, van de dokter, heeft koorts.'
Sam herkende de naam en luisterde aandachtig.
'Ai-ee! Dat is slecht nieuws,' zei de timmerman.
Tante Mercy knikte. 'Ik hoop dat het op zijn ergst malaria is en niet iets –' haar stem stierf weg.
De timmerman bromde instemmend.

'Ze zijn wat onderzoeken aan het doen.' Er volgde een stilte. 'We moeten maar bidden dat hij beter wordt.'

'Ezelina,' riep Tante Mercy toen. 'Breng onze gast wat water zodat hij zijn handen kan wassen. Sam, help haar. Is het eten klaar, Ezelina?'

'Ja, Amai.'

Ezelina pakte de plastic afwasteil, wierp Sam een kleine schone handdoek toe en liet water uit de kraan in de teil lopen. Daarmee liep ze eerst naar de timmerman, zodat hij zijn handen kon wassen, en toen naar Tante. Sam volgde haar met de handdoek – en daarna wist hij niet wat hij ermee moest doen. Enock pakte hem hoofdschuddend van hem over en hing hem aan de spijker.

Toen ze eenmaal klaar waren met eten, voor de zieke kleine Robbie hadden gebeden en de borden afgewassen en opgeruimd waren, schraapte de timmerman zijn keel. Hij keek naar Sam.

'Je boft dat je hier bij je tante bent,' zei hij. 'Ze heeft veel goede dingen gedaan, en ze is een goed mens!'

Sam knikte. Dat wist hij wel. Alleen voelde hij het niet echt zo op dit moment.

De man keek hem listig aan. 'Ken je het verhaal van Kaumphawi?'

'Yep!' riep Macdonald.

Dan moet het wel een heel goed verhaal zijn, dacht Sam. 'Waar gaat het verhaal over?' vroeg hij.

Macdonald, Ezelina en Enock gingen wat dichter bij de timmerman zitten. Enock, die op Chikondi paste, zette hem op schoot en sloeg zijn armen om hem heen. Ze waren er klaar voor.

'Je hebt zo je eigen problemen,' zei de timmerman tegen Sam. 'Dat hebben we allemaal. Ik heb over je verdwenen schoenen gehoord. Maar toch…'

Macdonald lachte geheimzinnig.

De timmerman schraapte zijn keel en begon:

'Lang geleden was er eens een jongen die Kaumphawi, de arme, heette. Zijn vader was gestorven toen hij klein was en zijn moeder toen hij ongeveer tien was…'

Net als bij mij, dacht Sam en hij ging wat rechter zitten.

'… opgevoed door zijn zus, die hem als een slaaf behandelde door hem net genoeg te eten te geven zodat hij niet verhongerde. Hij mocht zich thuis nooit wassen maar moest naar de beek lopen, zelfs in de koudste tijd van het jaar. Alsof hij een melaatse was. Hij moest voor de koeien zorgen en water halen en hout sprokkelen en hij had nooit tijd om te spelen of om naar school te gaan.'

Nou, ik heb ook hout gesprokkeld, dacht Sam.

'Op een avond kon hij het niet langer verdragen. Hij ging naar het graf van zijn moeder en knielde ernaast op de grond. "O Amai," zei hij, "ik ben zo verdrietig," en hij vertelde zijn moeder hoe zijn leven was verlopen sinds zij er niet meer was.'

'Ai ya. Het is goed dat hij tegen zijn moeder kon praten,' zei Macdonald. 'Het is goed dat hij naar haar graf kon gaan.'

Sam luisterde nauwelijks naar de rest van het verhaal. Hij hoorde niet dat Amais geest in een python veranderde en Kaumphawi's slechte zus strafte. De stemmen om hem heen vervaagden. Hij maakte zich zorgen. Dat was het. Hij wilde naar Amai kunnen gaan en tegen haar praten, haar over zijn dag vertellen, hoe hij de man met zijn computer had geholpen. Over hoe hij was weggejaagd, dacht hij verdrietig. Over de steen. Over het delen van zijn boek en over zijn sneakers. Tante Mercy had niet gezegd dat ze nieuwe voor hem zou kopen. Zelfs áls ze dat had gezegd, waar zouden ze die dan moeten kopen? dacht hij nors. Er waren geen schoenwinkels in het dorp. Misschien kon hij haar vragen of ze naar meneer Gunya wilde schrijven, zodat hij nieuwe kon opsturen.

Amai zou hem hebben gezegd wat hij moest doen. Kon hij maar met haar praten.

Maar hoe moest hij dat doen? Haar graf was niet hier. Haar

lichaam lag onder de grond in de stad, vele kilometers hiervandaan, in een andere wereld, ver weg van hun voorouders. Hoe kon haar geest hem hier ooit vinden? Als hij tegen haar sprak, hoe zou ze hem dan kunnen horen?

Die nacht lag hij in het duister op zijn mat; het raam en de deur waren dicht en vergrendeld en het enige dat hij buiten kon horen was het geblaf en gekef van honden. Toen herinnerde hij zich de foto van zijn ouders. Natuurlijk! Zij zouden nu op hem neerkijken vanaf het kastje, door het donker, en hem beschermen, net als zijn boek. Hij draaide zich glimlachend op zijn zij.

Toen kreeg hij het ijskoud vanbinnen. Kónden ze hem wel zien? Die foto was genomen op hun trouwdag en dat was twee jaar voor zijn geboorte geweest. Op dat moment hadden ze nog niet eens aan hem gedacht, dus hoe konden de geesten in de foto hem kennen en op hem neerkijken? Was zijn moeder maar hier begraven, waar ze thuishoorde, dan had hij naar haar toe kunnen gaan en tegen haar kunnen praten. Als zijn moeder hier was begraven, had ze ook in een python kunnen veranderen en over de grond kunnen glijden naar degene die zijn sneakers had gepakt, om hem fijn te knijpen.

Hoe had ze ervoor kunnen kiezen om niet hier bij haar voorouders begraven te worden! Hoe had ze dat kunnen doen?

11

Sam had de tros bananen vast bij de stompe steel en zwaaide hem
heen en weer. Hij had aangeboden ze te halen. Tot aan de markt
was hij met Tante meegelopen, maar daarna was hij alleen ver-
dergegaan. Hij wilde iedereen laten zien dat hij wist wat hij moest
doen.

Maar toen hij terugkwam was er niemand bij de hut, en dat was
vreemd. Toen hij vertrok waren Macdonald, Ezelina, Enock en
Chikondi er allemaal nog geweest.

Hij hoorde gegiechel, en het leek uit de hut te komen. Hij bleef
staan bij de deuropening. Er stond een groepje kinderen, waarvan
hij sommige dacht te herkennen en andere niet. Van sommigen
wist hij het niet, die stonden met hun rug naar hem toe. Hij wilde zien waar ze zo om moesten lachen.

In het midden van de groep stapte Macdonald heen en weer. Hij
hing de clown uit, rekte een condoom uit en liet het weer terug-
schieten. Een jongen gaf hem een kaars en Macdonald begon er
heel suggestief en langzaam het condoom overheen te rollen. Ezelina giechelde, een hand voor haar mond geslagen.

Macdonald, die voelde dat er een nieuwe toeschouwer bij was
gekomen, verborg de kaars snel achter zijn rug en tuurde naar
de deur, waar Sams silhouet tegen het binnenstromende zonlicht te zien was. 'Ga weg,' zei hij geluidloos toen hij zag wie het
was.

Ezelina zag Sam ook. 'Hij hoeft niet weg te gaan.'

'Jawel. Hij hoort niet bij ons. Trouwens, het enige waar hij wat om
geeft zijn die schoenen van hem.'

De anderen keken niet om, ze namen de moeite niet. 'Kom op, Macdonald!' riepen ze. 'Ga door!'

Sam legde de bananen op de vensterbank en liep achteruit weg. Hij slenterde langs het pad dat hij inmiddels het beste kende en bleef staan bij de bungalow. Hij keek voorzichtig eerst naar de steen en knikte er eerbiedig naar. Daarna keek hij op naar de bungalow. Hij zou er graag naar binnen willen gaan om te zien of het er vanbinnen ook net als thuis uitzag. Misschien zou Tante Mercy hem binnen laten als hij het haar vroeg, al liet ze zelfs de tweeling niet binnen – en misschien zou ze de hond eerst stil krijgen. Het was tenslotte het soort huis dat hij kende.

Een man met een heggenschaar dook op uit het niets. 'Snip,' deed de schaar op de takken van de heg. 'Snip, snip.'

Sam keek eerst naar de man en toen weer naar de bungalow. Die kamer aan de voorkant zou een slaapkamer kunnen zijn, dacht hij. De gordijnen voor het raam waren zelfs een soort rozerood, bijna als die van Amai. Een vrouw liep binnen langs het raam met Robbie in haar armen. Een bleke vrouw met haar donkere haar in een staart.

'Waar sta jij naar te kijken?'

'*Muli bwanje*,' zei Sam automatisch. Hij hoorde ergernis in de toon van de man.

De tuinman reageerde niet op de begroeting. 'Je mag hier niet rondhangen,' zei hij. 'Doe dat maar ergens anders. Dit is het huis van de dokter en jij hebt hier niets te zoeken. Vort!' Hij zwaaide dreigend met de schaar.

Sam liep droevig verder. De man had tegen hem gepraat alsof hij een *skelm* was. Zag hij niet dat hij in zo'n soort huis hoorde?

De steen liet hem bijna weer struikelen. 'Laat me alstublieft passeren,' mompelde hij, terwijl hij doorliep. Zijn voeten brachten hem naar de enige plaats waar hij misschien welkom was.

Maar toen hij bij het kantoor van meneer Bwinji in het ziekenhuis kwam, stond de deur naar de veranda open en was de kamer leeg. De laptop stond open op het bureau, en hij stond aan.

Sam ging naar binnen. Hij liep naar de binnendeur en luisterde even. Er kwam niemand aan. Hij trok een stoel naar het bureau, streelde zachtjes met zijn vingers over de toetsen en genoot van het bekende gevoel. Had hij nu 'Invaders 3' maar meegenomen! Hij had het in de laptop kunnen stoppen en erop kunnen spelen.

Voetstappen.

Voetstappen in de gang, harde zolen, ze kwamen dichterbij.

Sam schoot van de stoel af, rende de kamer uit, sprong van de veranda en hield pas op met rennen toen hij bij de toegangspoort van het ziekenhuis was.

Nonchalant bukte hij en krabde aan zijn voet, al jeukte die helemaal niet.

'Hé Sam!'

Hij keek verbaasd op.

Enock zwaaide naar hem. Hij had een kleine papieren zak vast.

'Wat heb je daar? Laat eens zien.'

'Eieren. Voorzichtig!'

Sam liep naast hem verder; hij was blij bij hem te zijn.

'Kom!' Enock wenkte. Hij holde naar een hut die ze voorbijliepen. Hij stapte op een grote steen net links van de raamopening en wees naar de plek naast hem.

'Kijk,' zei hij toen Sam naast hem op de steen was gaan staan.

Eerst kon Sam niets zien omdat het donker was in de hut. Nadat zijn ogen zich hadden aangepast, kon hij een slaapmat zien waar een bundel op lag. De bundel nam de vorm van een man aan. Het gezicht van de man was te zien boven de dunne deken. Het zag er gebarsten en uitgemergeld uit.

Ze stonden daar in stilte te kijken. Sam probeerde niet in te ademen. De stervende man stonk ontzettend, het was erger dan het bij zijn moeder was geweest. Bij Amai was er elke dag een verpleegster gekomen om haar te wassen. Hij wist niet of er iemand was geweest om deze man te wassen.

Ze sprongen op hetzelfde moment weer op de grond. 'Je hebt het ingeademd!' zei Enock. 'Ik heb je gehoord. Misschien krijg jij nu ook wel De Ziekte!'

'Misschien ook niet.' Sam ging recht voor hem op het pad staan. 'Zo krijg je het niet.'

'Hoe dan wel?' vroeg Enock uitdagend.

'Mannen en vrouwen krijgen het als ze seks hebben.'

'Oké, stadsjochie. Ik keek alleen maar even of je dat wist!' En Enock rende weg, met de eieren voor de veiligheid tegen zijn borst geklemd.

Sam rende achter hem aan. 'Weet je waarom je atate doodging?'

'O, net als alle anderen. Hij werd zwakker en zwakker en toen werd hij behekst en toen ging hij dood.'

'Waarom werd hij behekst?'

'Weet ik niet. Amai denkt dat het komt omdat hij naar de stad ging.'

Sam moest dit even verwerken. 'Mijn amai ging niet dood omdat ze behekst was of omdat ze in de stad woonde,' zei hij. 'Ze ging dood omdat ze De Ziekte kreeg.'

'En hoe kreeg ze De Ziekte dan?' daagde Enock hem uit.

'Van seks. Ik heb het je toch gezegd,' mompelde hij. 'Van Atate.' Hij kreeg een brok in zijn keel en slikte hard om hem weg te duwen. 'Ga jij naar je vader om tegen hem te praten?'

Enock haalde zijn schouders op. 'Soms. Niet zo vaak als eerst,' voegde hij eraan toe. 'Maar zijn geest hoeft niet zo ver te reizen. Hij weet waar ik ben.'

Sam knipperde heftig met zijn ogen. 'Waar is hij? Zijn graf, bedoel ik?'

'Wil je het zien?'

Sam knikte.

Enock trok hem mee, een pad aan de linkerkant op. Aan weerszijden stonden bomen die zo hoog waren dat alleen kleine spikkeltjes zonlicht zich door de bladeren heen wisten te wurmen om zo een patroon te vormen op het zandpad. Er waren geen huizen of hutten. De hut van de stervende man was de laatste geweest. Uiteindelijk kwamen ze bij de begraafplaats, die boven op een flauwe helling lag. Onder de hoge bomen was het donker en vol schaduwen. Er was helemaal geen zonlicht om op de witte steentjes te schijnen die rondom de graven waren gelegd, er was geen licht om de namen op de grafstenen aan het hoofd te verlichten, dus moest Sam turen naar de namen en de recente data. Terwijl ze zo langs deze graven liepen zag hij dat er hier en daar nog geen gras of planten groeiden en dat de aarde die de graven bedekte er verser uitzag. Enock liep tussen de graven door naar de top van de helling, in de verste hoek. 'Hier,' zei hij terwijl hij bleef staan. 'Hier is Atate.' Hij boog zijn hoofd, zijn lippen bewogen zonder geluid te maken. 'Dit is Sam,' zei hij daarna hardop. 'Hij woont nu bij ons.'

Sam wist niet zeker wat hij moest doen. Hij gluurde naar Enock, maar die hielp hem niet. '*Muli bwanje*,' zei Sam.

Stilte.

Enock stootte hem aan en liep weer terug naar het pad. Hij ging er half huppelend vandoor, de zak eieren dicht tegen zich aan, alsof hij totaal geen zorgen had.

Hij draaide zich om toen hij besefte dat Sam hem niet volgde. 'Kom je?' riep hij.

Sam schudde zijn hoofd. Al die graven, al die dode mensen die erin lagen, Atate, Amai, niet hier maar ook in graven, onder aarde en zware stenen. Hij keek Enock niet aan. 'Ik blijf nog even.'

'Dat kan niet.'

'Waarom niet?'

'Dan komen de geesten je halen.' Enock keek om zich heen.

Sam keek ook om zich heen. Er stonden bomen dichtbij en het

was er donker, maar hier aan de rand zou hij toch zeker wel veilig zijn.

Enock keek alsof hij weer bezwaar ging maken. Maar in plaats daarvan gaf hij Sam een scheve grijns en terwijl hij weer op het pad stapte om de eieren naar huis te brengen, zei hij over zijn schouder: 'Doe in ieder geval voorzichtig.'

En toen kwamen de tranen. Sam probeerde niet meer ze tegen te houden. Hij kon zich zijn atate niet eens zo goed herinneren. Hij dacht de hele tijd aan Amai; hij had Amai nodig. Waarom kon hij niet met haar praten? Enock kon met zijn atate praten, waarom kon Sam dan niet met Amai praten?

Langzaam werd zijn huilbui minder. Hij had niet meer zo'n benauwd gevoel op zijn borst en in zijn keel. Hij zat met zijn rug naar de graven toe op een steen, daar waar de begraafplaats in het pad overging, en voelde zich leeg. De haren in zijn nek gingen overeind staan. Misschien was er een geest achter hem, misschien wel die van Enocks vader. Zijn hart bonsde. Hij keek vluchtig opzij, maar er was niets, er zweefde niets rond boven de stenen.

Hij draaide snel zijn hoofd weer om. Er was ook geen geest die hem van achteren besloop. Hij ademde opgelucht uit, keek omhoog naar de lucht, maar de bomen stonden in de weg.

De bomen! Ze bewogen, strekten langzaam en lusteloos hun takken naar hem uit, bruine houten vingers met groene vingertoppen, wuivend in het briesje. Ze bogen door in het midden van hun stam en kwamen steeds dichterbij.

Onmogelijk.

Hij kneep even zijn ogen dicht en keek toen opnieuw.

Er was niets te zien. Er klonk alleen het geritsel van bladeren.

Het was hier zo donker. Hij stond op om weg gaan en keek nog eens dapper naar de bomen. Bewogen ze nu weer? Ze kwamen voor hem; hij hoorde hier niet te zijn, de geest van Amai was hier niet.

Hij vluchtte. Hij wist eigenlijk niet eens waar hij naartoe ging, maar hoopte dat hij Enock in zou halen. Maar de hut van de stervende man zag hij niet. Hij moest zich een weg banen door brede theestruiken die tot aan zijn middel kwamen. Twijgen schramden hem. Zoals de knokige vingers van dode mannen, dacht hij. Nee. Hij schudde zijn hoofd. Er was hier toch zeker geen schuilplaats voor geesten, goed of slecht, en er waren struiken zover het oog reikte. Hij begon zich weer veiliger te voelen. Het was een makkie om tussen de struiken door te lopen, zelfs al was er geen pad. Een vreemd idee dat deze donkergroene blaadjes als thee konden eindigen. Tante Mercy had gezegd dat er een theefabriek was in de buurt van de *boma*, waar de plaatselijke overheidskantoren waren. Het was niet ver, maar ze was er nog nooit geweest, wat waarschijnlijk inhield dat hij er ook nooit zou komen.

Hij schopte tegen een struik en keek toen schuldig om zich heen. Hij was opeens weer bang; stel je voor dat hij het mis had en dat een geest hem bespiedde? Hij hoorde een ronkend geluid en zijn hart begon sneller te kloppen. Een motor kwam snel dichterbij tussen de struiken door. Hij bleef naar de grond kijken, voor het geval de berijder hem tegen de struik had zien schoppen, en bleef gestaag doorlopen, ondertussen bijtend op de binnenkant van zijn wang.

De motor kwam tot stilstand.

'Hoorde je me niet? Ben je doof of zo?'

De man die gestopt was wenkte hem. Hij duwde zijn vizier omhoog. 'Ben ik zo op de goede weg naar de missiepost?' vroeg hij aan Sam, die zich een weg baande tussen de struiken door om op het pad te komen waar de man op hem wachtte.

Sam knikte, maar hij keek de man niet aan. Hij kon zijn ogen niet van de motor afhouden. Hij was gigantisch, en zwart. Zelfs door het poederlaagje van rode stof heen kon Sam zien dat hij er splinternieuw uitzag.

De man zette zijn helm af. Hij wreef stevig over zijn hoofd en veegde het zweet van zijn voorhoofd.

Hij had een lang gezicht en zijn huidskleur was wat lichter dan normaal, net als die van de vrouw die in de stad reclame maakte voor Twinkie, dacht Sam. Misschien kwam het doordat hij een helm droeg en zo tegen de zon beschermd werd. En hij had flaporen.

'En? Wat ben je hier aan het doen? Als je bij de missie woont, kan ik je een lift naar huis geven.' De ogen van de man waren pienter en kalm.

Sam kreeg een schok van vreugde. In een oogwenk was hij zijn angst vergeten. Deze man was geen geest. Een lift op die motor? Er was een zitplaats achterop. 'Het is een bmw,' zei hij vol ontzag. Net als de auto van Atate, vóór Amai die had verkocht om de Ford te kunnen kopen.

'Dus je weet wel iets van motoren, hè?'

Samuel knikte. Eigenlijk had hij alleen maar de letters aan de zijkant gelezen, binnen het cirkeltje, maar dat ging hij de man niet vertellen.

'Als je bij de missie woont,' ging de man verder, 'wat doe je dan helemaal hier?' Hij bekeek Sams gezicht wat nauwkeuriger en zag de sporen van tranen op zijn wangen. 'Ah. Hoe heet je?'

'Samuel Sangala.'

'Nou, ik ben Allan. Allan Poot.' Hij stak zijn hand naar Sam uit.

'*Muli bwanje,*' zei Sam, die zich opeens zijn manieren herinnerde, en hij schudde de uitgestoken hand.

Ze begroetten elkaar.

'Kom op, Samuel. Ik breng je wel terug naar je moeder.'

Sam fronste zijn wenkbrauwen. 'Amai is dood. En iedereen noemt me Sam.'

'Ah. Bij wie woon je dan, Sam?'

'Bij Tante Mercy.'

'Spring achterop en wijs me de weg naar Tante Mercy.'

'Weet je dat dan niet?' Dat wist toch iedereen bij de missie?

'Ik kom hier niet uit de buurt,' zei Allan. 'Toen ik ongeveer even oud was als jij, namen mijn ouders me mee naar Nederland.'

Daar keek Sam van op. Waarom naar Nederland? Misschien was het onbeleefd om het te vragen, dacht hij. Hij vroeg er dan ook maar niet naar.

Allan vertelde het hem toch. 'Dat is waar ze elkaar ontmoet hebben toen mijn vader er ging studeren. Toen ze daarna hier terugkwamen, miste ze Nederland. Het was haar land, daar was haar volk,' zei hij, half tegen zichzelf. 'Maar in Nederland miste mijn vader Malawi, dus gingen we uiteindelijk weer naar huis.'

'Is je moeder ook meegekomen?'

Hij schudde zijn hoofd. 'Ze is overleden.' Hij schudde zich als een hond die net uit het water kwam, om een moeilijke herinnering kwijt te raken, of in elk geval, zo leek het voor Sam.

'Omdat ik vanaf dat ik een kleine jongen was in een ander land heb gewoond,' ging Allan door, 'was ik heel nieuwsgierig toen we hier terugkwamen. Dus nu reis ik rond en werk op verschillende plaatsen, telkens voor een jaar of zo. Maar genoeg over mij. Laten we jou maar naar huis brengen, jongeman. Spring achterop. Je zult me de weg moeten wijzen.'

Sam klom achterop en greep de man vast bij zijn middel. Hij keek toe terwijl Allan snel een sleutel omdraaide, op een knop drukte, toen aan de rechterhandgreep draaide en de linker naar binnen trok, met zijn linkervoet een pedaal naar beneden drukte, en daar gingen ze dan.

'Goed vasthouden!' riep Allan over zijn schouder. 'Het is nogal hobbelig. We kunnen niet hebben dat je eraf valt.'

Sam had het gevoel dat hij vloog, met de ronkende machine onder hem en de wind die langs hem stormde. Dit was dé manier om te reizen! Op een dag zou hij ook een motor hebben, zwoer hij. Ze reden door een wolk muggen heen en hij veegde ze van zijn wangen.

'Niet loslaten!' riep de man.

'Die kant op!' schreeuwde Sam boven het gebrul van de motor uit toen ze de eerste huizen van de missienederzetting bereikten. Ze ontweken maar net een duwambulance, die plotseling opdook van een zijpad met twee mannen erachter die op een drafje een patiënt voortduwden. Hij proestte en spuugde, maar bewoog deze keer zijn handen niet. Er was een vlieg recht zijn keel in gevlogen toen hij zijn mond opendeed.

Allan ging langzamer rijden en knetterde door de wachtkamer in de openlucht. Kippen vlogen alle kanten op.

Een klein bruin hondje, een vuilnisbakkie, dat over de veranda bij het ziekenhuis drentelde, sprong naar beneden en rende keffend op hen af. Hij rende met hen mee, probeerde keer op keer in Sams enkels te bijten maar faalde telkens: elke keer dat hij te dichtbij kwam, schopte Sam naar hem en dan moest het beest opzij springen om de schoppende voet te ontwijken. Sam kon zien dat achter de hond de patiënten en hun helpsters naar hen staarden en hij was zo trots als een pauw. Twee jongens renden schreeuwend naast hen mee en algauw kwamen daar nog meer jongens bij. Sam zwaaide wild met één arm totdat hij besloot dat het veel waardiger was om recht voor zich uit te kijken en te doen alsof hij dagelijks achter op een motor zat. Hij voelde zich als een opperhoofd op het glanzende zwarte ros. 'Hier links!' riep Sam toen ze voorbij het laatste ziekenhuisgebouwtje reden.

De hond bleef blaffend naast hen rennen, helemaal tot aan de markt, waar hij hen eindelijk met rust liet, onder begeleiding van een salvo blaffen. Allan sloeg rechtsaf naar de hut van Tante Mercy, volgens Sams instructies.

'Hier!' riep Sam boven het geronk van de motor uit. 'Stop!'

Allan stak zijn duim op om te laten merken dat hij hem had

gehoord, trok nog even hard op en kwam, temidden van een rode stofwolk, dramatisch tot stilstand aan de rand van Tante Mercy's erf.

Ezelina was er. Ze was bij de kraan hun kleren aan het wassen in twee plastic teilen. En Enock, die terug was met zijn eieren, en Chikondi waren er ook. Ze staarden naar hem met ogen zo groot als schoteltjes. Zodra Sam één voet op de grond had gezet en van de motor stapte, kwam Enock naar hem toe gerend.

'O, wat een grote machine. Het moet wel gaaf zijn om daarop te rijden.' Enock streelde de leren zitting eerbiedig.

Allan klapte lachend zijn vizier omhoog. '*Muli bwanje*, jongeman.'

Enock herhaalde de begroeting snel. Toen zei hij weer: 'Het moet wel gaaf zijn om daarop te rijden, toch?'

Allan knikte, maar bood hem geen ritje aan.

Enock keek sip. Sam grijnsde. Hij had geluk gehad.

'Ik moet thee bezorgen bij het ziekenhuis,' zei Allan, 'maar –' en hij klapte zijn vizier weer omlaag, 'weet je wat –' terwijl hij de motor keerde. 'Ik kom een keer terug en dan neem ik je mee voor een ritje. Jou ook weer, Sam.'

'Mij ook?' riep Ezelina.

Macdonald kwam niet lang daarna aangelopen. Enock rende naar hem toe. 'Sam is thuisgekomen achter op een motor. Hij was enorm groot, echt pikzwart en glanzend!'

'Dat heb ik gehoord. Iedereen vertelde het me.'

Enock leek de zure ondertoon in Macdonalds stem niet te horen. Opgewonden ratelde hij door: 'En de man – hoe heet hij, Sam?'

'Allan Poot,' zei Sam.

'O ja, die man, Allan, hij zei dat hij terug zou komen en dat we dan allemaal een ritje mogen maken.'

'Ik niet. Ik was er niet,' gromde Macdonald.

'Nou, ik weet zeker dat jij dan ook mag. Toch, Sam?'

Sam deed alsof hij dat niet had gehoord.

Toen hij 's avonds zijn slaapmat uitrolde en ging liggen, was het de motor die hij zag en voelde: de wind op zijn wangen en het ronken van de motor terwijl hij de slaap tegemoet raasde.

12

De volgende dag gingen ze met zijn allen brandhout verzamelen. De zon kaatste terug van de rode aarde van het pad waardoor de zware schimmelgeur vrijkwam. De nog rodere kleurplekken van de geraniums, zorgvuldig bijgehouden buiten de bakstenen en lemen hutten, sprongen vrolijk en fris in het oog.

Zelfs Macdonald deed vanmorgen niet humeurig tegen Sam. Hij had hallo tegen hem gezegd en betrok hem nu, tijdens de wandeling, zelfs bij het gesprek: '… en in Zuid-Afrika kun je in een grote stad wonen met gebouwen zo hoog als, zo hoog als, als…' hij had moeite een goede vergelijking te vinden.

'Zo hoog als die… boom,' stelde Enock voor, en hij wees naar de boom boven hun hoofden waar stralen zon door de bovenste bladeren heen kwamen.

'Hoger,' zei Ezelina, haar hoofd achterover, met samengeknepen ogen naar boven turend.

'Veel hoger,' zei Sam. 'Zo hoog als…' maar ook hij kon geen goede vergelijking bedenken.

'Als Mount Mandingwe!' riep Enock.

Ze bleven staan en keken twijfelend naar de berg waarvan de top door een dunne wolk versluierd werd.

Sam wist dat de gebouwen in Zuid-Afrika heel hoog waren, in ieder geval in Johannesburg; hij had er thuis in zijn vaders boeken foto's van gezien. Dat soort gebouwen was er in Blantyre niet geweest.

'Daar wil ik naartoe gaan,' schepte Macdonald op. 'Mavuto gaat daar een baan zoeken.'

'Ah, die Mavuto!' Enock lachte.

'Hij kletst maar wat,' zei Ezelina met een frons. 'Hoe wil hij daar een baan krijgen?'

'Weet ik niet. Hij zegt dat het hem wel lukt. Misschien ga ik wel met hem mee.'

'Heb je het mijn amai verteld?' daagde Enock hem uit.

Macdonald schudde zijn hoofd. 'Nee. En trouwens, ik ben toch nog niet weg, wel?'

'Laten we de takken halen van het veld voorbij de begraafplaats,' zei Enock.

'Welke begraafplaats?' Macdonald bleef staan. 'Die waar jouw atate ligt? Daar ga ik niet naartoe.'

Maar dat 'naartoe' kwam er een beetje vreemd uit, want met veel gepiep en gerammel kwam er een fiets vlak bij hen tot stilstand. Het was Mavuto. Terwijl hij zijn voeten van de pedalen had gehaald en ze over de grond had laten slepen om te remmen, had zijn voorwiel Macdonalds kuit geraakt.

'Hoi, Mavuto.' Macdonald lachte en gaf Mavuto een klap op zijn schouder.

'Hoi,' Mavuto groette de rest van hen kortaf en sloeg Macdonald ook op zijn schouder.

'Macdonald zegt dat je in Zuid-Afrika gaat werken,' zei Enock.

Mavuto dacht even na. 'Tuurlijk. Misschien,' schepte hij op. 'Nou ja, op een dag. Kom je, Macdonald?'

Macdonald aarzelde maar even voordat hij achter hem op de bagagedrager sprong. 'Waar gaan we heen?'

'Ergens,' zei Mavuto, vaag met een arm in de lucht zwaaiend. Hij keerde en begon het pad af te fietsen.

Ezelina staarde hen na met haar handen op haar heupen. Chikondi klapte in zijn handen. 'Wil jij soms ook met ze mee?' vroeg ze hem. Ze reikte naar achteren en trok zachtjes aan een van zijn oren. Hij brabbelde wat terug.

'O, kom op, Ezza,' zei Enock. 'We hebben ze niet nodig.'

'Dat zei ik ook niet. Maar wanneer heeft Macdonald voor het laatst brandhout gehaald?'

'Kweenie.'

'Nou, het is niet eerlijk. Amai zegt dat zijn vader ook zo vreselijk lui was.'

'Is zijn vader onze oom?' vroeg Sam.

'Nee, hij is niet echt familie van ons. Amai zegt dat hij de zoon is van… Van wie eigenlijk, Ezza?' vroeg Enock.

Ezza antwoordde niet. Ze liepen nu langs de begraafplaats. Haar lippen bewogen geluidloos en die van Enock ook. Sam keek een beetje bangig op naar de bomen en boog toen snel respectvol zijn hoofd.

'De zoon van de nicht van Sams moeder,' zette Ezelina het eerdere gesprek voort.

'Maar dat is hij niet echt,' zei Enock.

'O Enock, wat maakt het uit? Hij is de zoon van haar zieke buur-vrouw.'

'Ze is niet ziek, Ezza.'

'Dat is ze wel.'

Sam was verbaasd. Hij had de tweeling tot nu toe nog geen ruzie horen maken.

'Maar niet alleen –'

'Enock –' zei Ezelina waarschuwend.

'Ze is een heks. Ze heeft haar zwager vergiftigd!'

'Vergiftigd!' riep Sam uit.

'Ja, dat zeggen ze,' gaf Ezelina met tegenzin toe. 'Maar Amai zegt dat ze geen heks is. Ze zegt dat de mensen gewoon jaloers zijn.'

'Wie?' Sam snapte het niet meer.

'De zus van de zwager,' zei Enock. 'En zij heeft Macdonalds wang verbrand.'

'Amai zegt dat het een ongeluk was.'

'En zijn vrouw heeft haar vervloekt,' vertelde Enock, Ezelina's onderbreking negerend. 'In elk geval,' maakte hij zijn verhaal af, 'is ze nu ziek. En Macdonald is bij ons.'

'Voor hoe lang?' wilde Sam weten.

'Misschien voor altijd, ik weet het niet.'

'Dus Macdonald is eigenlijk helemaal niet jullie neef?' Sam wilde dat even zeker weten. Het maakte alles net even anders, dacht hij, maakte hem minder belangrijk.

Enock schudde zijn hoofd.

'Maar dat maakt niets uit. Voor ons is hij familie.'

'Hoe ver moeten we lopen? Kunnen we hier niet stoppen?'

'Nou…' Enock leek dat niet te willen. Hij en Ezelina wisselden snel een blik.

'Het kan wel, denk ik,' zei Ezelina uiteindelijk ferm. Ze knoopte haar doek los en liet Chikondi op de grond zakken.

Ze verzamelden met z'n drieën in stilte hun brandhout. Eerst brachten ze de takken naar de plek waar Chikondi zat en legden ze daar op een nette stapel, maar Chikondi trok de stapel overhoop: hij pakte de ene tak na de andere om mee te spelen. Ezelina probeerde hem eerst te laten ophouden, maar gaf het uiteindelijk op.

Sam liep verder door, raapte takken op en legde ze neer in bundeltjes terwijl hij verderliep. Naast hem deed Enock hetzelfde. Verder weg, aan zijn linkerkant, was Ezelina bezig. Chikondi, die achter haar aan was gewaggeld, zat daar ook. Nog een tak, en nog een, en nog een.

Sam kwam bij een wirwar van bomen, de takken waren hopeloos met elkaar verstrengeld en dicht begroeid met bladeren. Samen vormden ze een dichte heg, te dik en donker om erdoorheen te kunnen kijken. Hij ging op zijn tenen staan om eroverheen te kijken om te zien wat er aan de andere kant lag, in de verwachting dat het de plek was waar hun vader begraven lag. Maar die lag achter hem. De heg was hoger dan hijzelf, hoger zelfs dan Macdonald, als die bij hen was geweest, zo hoog als bomen. Hij strekte zich links en rechts van hem uit als een dikke rafelige groene muur.

Hij liet de takken die hij vasthield vallen en kroop langs de heg naar rechts. Hij wilde weten wat er aan de andere kant was.

'Sam!' riep Enock. Het was een raar geluid, een soort hard gefluister.

Omdat hij nog steeds de heg onderzocht, luisterde hij maar half. 'Ja?'

'Laten we de takken naar huis brengen.'

'Zo meteen.' Sam liep verder, op zoek naar een opening in de begroeiing.

'Nu!'

Sam draaide zich om toen hij de bijna paniekerige toon in Enocks stem hoorde.

'Waarom?'

'Daarom.'

'Waarom?'

'We horen hier niet te zijn.'

'Maar je hebt me hiernaartoe gebracht om hout te halen.'

'Nee, ik bedoel *hier*. Hier bij de rand.'

'Waarom niet?'

'Dit is zover als we mogen gaan. Niet verder.'

'Waarom niet? We zijn toch ook bij het graf van je atate geweest.'

'Dit is niet de begraafplaats.'

'Het is er anders vlakbij.'

'Maar het is niet hetzelfde.'

'De timmerman heeft gezegd dat als we voorbij dit punt gaan, we... we betoverd zullen worden, dat we gek zullen worden.' Enock huiverde bij de gedachte.

'Wie zijn "we"?'

'De kinderen uit het dorp natuurlijk. Hij zegt dat we te jong zijn.'

Hij draaide zich om en gebaarde dat Sam hetzelfde moest doen. 'Kom op! Laten we naar Ezza gaan.'

Deze keer meende Enock het echt, dacht Sam. Deze keer was het geen geintje, hij stelde Sam niet op de proef of zo.

Hij draaide zich langzaam om. Toen hij zich bukte om het eerste stapeltje takken op te rapen dat hij op de grond had laten liggen, keek hij nog even over zijn schouder. De heg zag er vanaf hier veiliger uit. Ze hadden thuis ook een heg gehad, achter in hun tuin. Oké, die was niet zo hoog geweest als deze en hij was netjes bijgehouden, net als die van de blanke dokter, maar het was toch echt een heg geweest.

Wat voor kwaad kon een heg nou doen?

13

Eenmaal met het brandhout bij de hut aangekomen hielp Sam de tweeling het netjes naast de deur op te stapelen. Nu zouden ze een paar dagen geen hout hoeven te halen.

Thuis zou Sam nu computerspelletjes zijn gaan spelen. Of naar een vriend zijn gegaan.

Hij stond daar maar, besluiteloos. Hij ging zitten, stond weer op en haalde zijn gameboy. Hij ging op de grond zitten, met zijn rug tegen de mangoboom, zette hem aan en begon op knoppen te drukken. Hij ging helemaal op in het spel en zelfs toen Enock over zijn schouder mee kwam kijken, hield hij niet op. Hij dacht niet dat Enock zou weten hoe het werkte, maar hij had geen zin om het uit te leggen, tenminste, niet nu.

Net toen Sam een goede score behaalde, 10.000, kwam Macdonald terug. Er hing een kleine gescheurde zak over zijn schouder. Met een vreemde lach op zijn gezicht liep hij de hut in, kwam zonder de zak weer naar buiten en liep naar hen toe. Sam besloot zijn gameboy naar binnen te brengen; hij wilde niet dat Macdonald ermee zou spelen. Hij zette hem uit, liep naar binnen en gooide hem in zijn koffer. Toen hij de deksel dichtdeed, zag hij de zak, die in een hoek was gepropt. Hij liep erheen en porde er eens in.

Er zaten twee dingen in.

Hij aarzelde, luisterde even. Hij hoorde niemand aankomen, alleen het geluid van stemmen buiten. Hij maakte snel het touwtje boven aan de zak los en stak zijn hand erin. Er kwam een sneaker uit tevoorschijn, een beetje groezelig maar nog steeds helderblauw. En nog een, met een grasvlek op de neus.

Een golf van woede spoelde over hem heen. Hij greep de sneakers vast, een in elke hand, en liep er zwaaiend mee de deur uit. Buiten zat Macdonald wat apart van de anderen. Hij deed niets en leek ergens op te broeden.

Sam rende naar hem toe. Hij sloeg Macdonald met de schoenen voordat die hem zelfs maar had zien aankomen. 'Dief! Je hebt ze gestolen! Dief!'

Macdonald stak zijn handen op om de schoenen af te weren. Hij kreeg er een te pakken, krabbelde overeind en mepte ermee naar Sams arm.

'Hou op! Ik zal het uitleggen.'

'Wát uitleggen? Dief! Dief!' Hij porde Macdonald met zijn overgebleven schoen, en weer, en weer.

Macdonald hield hem met één arm van zich af. Ze stonden allebei stokstijf, grauwend tegen elkaar als honden. De anderen stonden met open mond van verbazing toe te kijken. Toen trok Sam zich los en stompte Macdonald op een zachte plek. Macdonald brulde. Met één draai had hij Sam op de grond en ging boven op hem zitten. Hij liet de schoen vallen en drukte Sams armen tegen de grond.

Sam schopte en probeerde hem van zich af te gooien, maar hij kon Macdonald nu niet raken. Hij probeerde hem een kopstoot te geven, maar Macdonald was hem te snel af. Hij sloeg Sam met de volle hand tegen zijn wang. 'Verwend stadsjoch.' Hij staarde hem een hele tijd kwaad aan. Toen spuugde hij naast Sams oor op de grond, klom van hem af en liep met grote stappen weg.

Sam bleef stil liggen. Hij wreef over zijn wang, die nog brandde van de klap. Toen was Ezza er en ze hielp hem overeind. Enock rende luid roepend achter Macdonald aan.

'Waar ging dat allemaal over?' vroeg Ezelina.

'Hij is een dief!'

'Macdonald?' Ze keek verbaasd. 'Dat denk ik niet.'

'Hij had mijn sneakers gepikt.'

'Natuurlijk niet,' zei Ezelina. 'Dat zou Macdonald nooit doen.'

Maar Sam had een schaduw over haar gezicht zien flitsen, alsof ze daar heel even niet zeker van was geweest.

'Hij is geen dief,' herhaalde ze vastberaden.

'Wie is er geen dief?' Het was Tante. Ze hadden niet gemerkt dat ze thuis was gekomen. 'Wat is hier aan de hand?' Ze liet haar tas op de grond vallen. 'Ik heb al genoeg zorgen met die kleine Robbie zonder jullie. Sammy, waarom is het erf niet geveegd? Ezelina, waarom brandt er geen vuur? Waar is Enock? Stil maar,' ze pakte Chikondi op van de grond en knuffelde hem om hem te laten ophouden met huilen. 'Nou?' vroeg ze toen niemand antwoordde.

'Enock is achter Macdonald aangerend.' Ezelina keek naar de grond.

Alleen Sam keek haar recht in de ogen. 'Macdonald heeft mijn sneakers gepikt,' zei hij.

'Heeft Macdonald dat toegegeven?' Haar stem klonk zo onbuigzaam als een bamboestok.

Onder haar vaste blik keek Sam naar beneden. Hij schudde zijn hoofd.

'Tot Macdonald terugkomt en we het er met hem over kunnen hebben, ga jij naar binnen en wacht je daar,' zei ze tegen Sam.

'Dat is niet eerlijk…' begon Sam te protesteren.

'Nu,' zei ze en ze wees met gestrekte arm naar de deur.

Sam nam de zak aan die Ezelina hem voorhield.

Sam voelde zich eenzamer dan ooit. Eenmaal binnen pakte hij de sneakers uit de zak, legde ze in zijn koffer en deed die op slot. Hij bleef naast de koffer op de betonnen vloer zitten. Tranen welden op in zijn ogen; er gleed er een over zijn wang, en nog een. Hij veegde ze weg met de rug van zijn hand. Hij haatte Macdonald. Macdonald had hem nooit gemogen. Hij dacht aan zijn spottende lachje toen hij met die zak aan was komen lopen. Het was zo oneerlijk. Sam had helemaal niets verkeerd gedaan, maar nu leek het alsof Tante Mercy hém strafte. Hij had het zelfs niet meer over de sneakers gehad. 'Ik heb niets gedaan.' Hij keek omhoog naar de foto van zijn ouders en fluisterde het nog een keer hardop.

Zijn vader staarde alleen maar in het niets en zijn moeder ook, maar meer verlegen. 'Het is niet eerlijk!' siste hij hun toe. Ze bleven onbewogen voor zich uit staren. 'O!' Hij draaide zich snel om, ging op Tante Mercy's bed zitten, sloeg hevig gefrustreerd met zijn vuisten op de rand. Er biggelden weer tranen over zijn wangen. Hij wist niet wat erger was: dat het zo oneerlijk was allemaal, dat Tante Mercy boos was en hij naar binnen werd gestuurd of dat zijn ouders op de foto totaal niet reageerden.

Sam liep in gedachten de gebeurtenissen nog eens na. Macdonald was een leugenaar. Dat had hij vanaf het begin al gedacht. Natuurlijk was hij dat. Opeens wist hij wat hem te doen stond: Macdonald vinden. Hij kon hier niet zomaar blijven wachten tot hij terugkwam.

Hij stond op en gluurde door het raam. Niemand keek. Hij glipte met ingehouden adem naar buiten. Niemand zag hem. Enock was terug; hij brak takken doormidden voor het vuur. Ezza en Tante Mercy zaten zachtjes te praten. Van Macdonald geen spoor. Met twee grote stappen was hij aan de achterkant van de hut. Niemand had iets gezien. Hij liep om de latrine heen, om het kleine stukje grond waar maïs op groeide, hoog en vol bladeren, Tante Mercy's trots, langs het huis van de buren en kwam zo op het pad terecht. Hij liep snel door, weg van de anderen, in de richting van de markt, de school, de kerk en langs de eerste ziekenhuisgebouwen. Niemand hoefde hem meer de weg te wijzen, die kende hij nu. Hij bleef de hele tijd naar zijn voeten kijken, bloot deze keer; hij wilde niet dat iemand hem opmerkte. Hij dacht na.

Er liep iemand naast hem. Zwarte leren schoenen.

Sam keek op. Een zwarte broek en shirt, de witte boord van een geestelijke. Het was de dominee van de kerk.

'*Muli bwanje,*' zei Sam snel.

'Goedemorgen. Hoe gaat het?'

'Het gaat goed, als het goed met u gaat.'

'Het gaat goed, *zikomo*, dank je.' En toen: 'Jij bent zeker Mercy's Sammy.'

'Sam,' corrigeerde Sam hem bijna, maar hij durfde het toch niet. Hij voelde zich niet op zijn gemak bij de dominee. De laatste dominee bij wie hij in de buurt was geweest, had bij Amai in haar graf staan bidden.

'Ik zal een eindje met je oplopen. Begin je al een beetje te wennen bij Mercy Mlanga? Je kunt zeker al goed met de anderen opschieten, hm?'

Sam knikte vaag.

'Goed zo, goed zo. En waar ben je nu naar op weg?'

Sam haalde zijn schouders op.

'Dat is geen antwoord.' De stem van de dominee klonk nu een beetje scherp.

'Ik ga Macdonald halen,' zei Sam een beetje knorrig.

'Ah, Macdonald. Ik ken zijn familie goed. Tja, echt een tragedie, zo jammer.'

Sam gaf geen snars om Macdonalds tragedie.

'Je gaat hem zeker halen voor het avondeten.'

Sam keek opzij en knikte een beetje. Hij voelde zich onbehaaglijk. Hij wist niet zeker of hij het wel kon maken om smoezen te vertellen aan een dominee. Misschien was het niet zo erg als hij niet echt zijn mond opendeed en 'ja' zei. 'Ik moet nu gaan.'

'Goed, goed,' zei de dominee. 'Ik kijk ernaar uit je in de kerk te zien. Tot dan. Braaf zijn. Dag, dag.'

'Dag,' zei Sam snel terug voordat de dominee het weer kon zeggen, en hij liep op een drafje weg om wat afstand te creëren tussen hem en zijn smoesje.

Hij wilde Brown spreken. Brown was geen familie. Ze kenden elkaar niet echt maar Sam had het gevoel dat Brown hem wel aardig vond. Toen hij bij de groene helling kwam, zaten er weer groepjes patiënten met hun helpsters op het gras. Iemand had al een groot kookvuur aangestoken. Hij zocht tussen de mensen op het gras. Een man zat op een doek, wat dichter bij de wasruimte, met een vrouw naast zich die leek op de helpster die hij al eerder had gezien. Van achteren leek de man ongeveer even oud als Brown te zijn. De man zat helemaal in elkaar gedoken.

Sam verliet het pad en liep over het gras naar hem toe, in een boogje, zodat hij het gezicht van de oude man kon zien. Het was inderdaad Brown. Op het moment dat Sam hem aankeek, zag de oude man hem ook. Hij rechtte zijn rug en glimlachte en door die lach zag hij er minder ziek uit en leek hij meer op de man die Sam samen met Ezelina had ontmoet.

'Kom maar.' Brown wenkte hem dichterbij.

Sam liep naar hem toe en ze wisselden begroetingen uit.

Stella stond op. 'Blijf jij maar even hier bij mijn vader. Je kunt hem gezelschap houden terwijl ik met het koken help.'

'Dat was jij gisteren op die motor,' zei de oude man. 'Ik heb er alles over gehoord, stoere jongen.' Hij grinnikte.

Sam grijnsde. Maar dat was gisteren geweest. Nu was het vandaag en lagen de zaken anders. Zijn lach vervaagde. Daarnaast begon hij zich zorgen te maken; Browns gegrinnik was overgegaan in een hol gehoest dat zijn hele lijf deed schudden.

Eindelijk hield het hoesten op. Brown deed zijn ogen dicht om zijn laatste kracht beter bij elkaar te kunnen rapen. Toen deed hij ze weer open en tuurde naar Sam. Zijn ogen waren troebel, maar pienter. 'Wil je me soms iets vertellen? Ben je daarom gekomen?'

Sam aarzelde even en knikte toen. 'Als iemand uw favoriete spullen stal en u erachter kwam wie het had gedaan, wat zou u dan doen?'

'Wat zegt je tante ervan?'

Sam stond een beetje te draaien. Hij gaf geen antwoord.

Brown zei een tijdje niets. Eindelijk opende hij zijn mond. 'Misschien zou het ervan afhangen hoe erg ik die dingen nu echt nodig had.'

'Zou u de *nchimi* om een betovering vragen?'

Brown fronste zijn wenkbrauwen.

Vanuit zijn ooghoek zag Sam een bekende vorm langskomen. 'Macdonald!' riep hij.

'Zou u de *nchimi* om een betovering vragen?' vroeg hij snel nog een keer, terwijl hij oplette in welke richting Macdonald liep.

Brown fronste weer. 'Wat is er gestolen?' Maar hij sprak tegen de lucht, want Sam was weggerend.

Hij rende tussen de groepjes op het gras door, rende, het bruine vuilnisbakkie rende keffend achter hem aan. Hij wilde Macdonald inhalen. Hij rende de hoek om en botste tegen Macdonald aan, die opeens stil was blijven staan.

'Waarom heb je ze gestolen, dief? Waarom?'

'Ik heb het je toch al gezegd, ik ben geen dief,' zei Macdonald nu fel.

'Ik geloof je niet.'

'Dan niet. Maakt mij niets uit. Kijk naar jezelf! Je komt hier met je dure schoenen. Zo cool, zo anders. Je denkt dat je beter bent dan wij allemaal. Je begrijpt er helemaal niets van! We waren gelukkig tot jij kwam. Waarom ga je niet naar huis!'

'Ga zelf naar huis,' riep Sam.

'Dat gaat niet. En trouwens, ik was hier eerst.' Macdonald draaide zich om en begon terug te lopen naar de hut van Tante Mercy voordat hij hem kon tegenhouden.

Sam stampte gefrustreerd met zijn voet op de grond, maar hij liet hem gaan. Hij liep de andere kant op, tranen prikten in zijn ogen. Hij sloeg linksaf. Er lag een halve kalebas op het pad langs de begraafplaats waar geld in kon worden gegooid om bij te dragen aan begrafeniskosten. Sam stond stil en begon de kwachas te tellen die voorbijgangers erin hadden gegooid. Een afschuwelijk lang moment overwoog hij de muntjes eruit te pakken.

Als hij dat deed zou hij misschien vervloekt worden. Hij liet het geld liggen.

Hij keek snel even naar de begraafplaats links. Zou hij gaan praten met de vader van Enock en Ezza, zijn aangetrouwde oom?

Hij liep naar het dichtstbijzijnde graf en besefte opeens dat hij niet verder durfde te gaan, hij zou nooit durven komen waar Enock hem laatst had gebracht, niet nu hij alleen was. Hij keek neer op het graf naast zijn voeten. Juni vorig jaar. De persoon die hier lag, was in juni overleden. Dezelfde maand waarin Amai was doodgegaan. Hij las de naam op de steen: Salvation Maliro.

'*Muli bwanje, Salvation Maliro.*' De rest van de begroeting liep hij in zijn hoofd af, zijn lippen bewogen geluidloos. *Ndili bwino, zikomo.* Met mij gaat het goed, dank u.

Maar met Salvation ging het niet goed. Hoe kon het goed met hem gaan nu hij dood was?

'Als u mijn amai ziet,' ging hij toch snel verder, 'zegt u haar dan alstublieft dat ik naar huis wil. Ik vind er hier niets aan. Ze pakken mijn sneakers, ze pakken mijn boek, ik slaap op de grond...'

Hij had nog verder willen gaan, maar op dat moment kwam er iemand vlak achter hem op het pad langzaam voorbijgelopen. Hij krabde eens op zijn hoofd, deed alsof hij niets had gezegd. Salvation Maliro zou familie kunnen zijn van de vrouw achter hem. Ze zou het wel eens niet leuk kunnen vinden dat hij hier zo stond te praten.

Toen hij eenmaal terug was bij Tante Mercy, liep hij om de hut heen. Hij liep de latrine in en kwam meteen weer naar buiten,

waarbij hij de dunne houten deur flink hard achter zich liet dicht-
vallen.

Hij liep om de hut heen. De deur stond open. Binnen was Tante
Mercy met Macdonald aan het praten.

'Kom hier, Sammy.' Tante pauzeerde even. 'Waar was je? Ik had je
toch gezegd binnen te blijven.'

'Ik moest naar de latrine.'

'Zozo.' Tante wachtte op een uitgebreidere uitleg.

Sam gaf er geen. Hij hield zijn adem in, wachtte tot Macdonald
hem zou verraden.

Maar dat deed Macdonald niet.

Tante Mercy richtte haar aandacht op Macdonald.

'Nou, Macdonald. Sammy denkt dat je zijn sneakers gestolen hebt.
Klopt dat?'

Waarom zou je het vragen, vroeg Sam zich af. Hij zou toch zeggen
dat hij het niet had gedaan. Alweer.

'Nee.' Macdonald bleef naar de grond staren.

Zie je wel! Sam voelde zich bijna triomfantelijk nu hij gelijk had.

'Oké,' zei Tante Mercy na een kleine stilte. 'Sammy, Macdonald
heeft gezegd dat hij het niet gedaan heeft. En jij hebt je sneakers
terug. Misschien wordt het tijd om dit los te laten. Zeg dat het jullie spijt.'

Sam kookte vanbinnen. Het leek wel alsof iedereen aan Macdonalds kant stond. En niemand aan die van hem. Hij zou geen sorry zeggen. Hij had toch niets verkeerd gedaan?

Macdonald bood evenmin zijn verontschuldigingen aan.

Na een tijd stond Tante Mercy op en liep naar buiten. Ze liet ze
achter zonder een woord te zeggen.

Op de een of andere manier was dat nog erger dan als ze erop had
gestaan dat ze sorry zeiden.

Macdonald stond een beetje te draaien en liep toen achter haar
aan.

Sam bedacht onzeker dat hij niet wist wat hij moest doen. Hij voelde zich alsof hij ging huilen.

Hij keek op naar de plank aan de muur. Zijn ogen gleden van de foto naar het boek ernaast.

Hij slikte moeizaam, haalde *De Reizen van Mansa Musa* van de plank en liep ermee naar de tafel om te gaan lezen. Al snel ging hij helemaal op in het vertrouwde verhaal. Kankan, de jongen die later Mansa zou worden, kreeg op zijn kop van de nomade Tariq, die hem van de slavernij had gered: 'Ik heb met goud voor jouw vrijheid betaald… Ik heb je een kameel aangeboden maar je verkiest te lopen als een slaaf… Je zegt een man te zijn, maar je hebt het beest binnen in je nog niet getemd.' Een gevoel van waardigheid was onontbeerlijk, vertelde Tariq hem.

Waardigheid? Atate was waardig geweest. Dat had Amai altijd vol trots gezegd. Misschien had Atate dat in de woestijn geleerd. In ieder geval had hij Atate nooit zien vechten. Misschien was dat waar waardigheid om draaide: niet vechten. Hij fronste zijn wenkbrauwen.

Etensgeuren dreven de hut binnen en prikkelden zijn neus. Buiten hoorde hij stemmen, ook die van een man. Hij sloeg het boek dicht en legde het terug. Toen hij naar buiten liep zag hij dat de timmerman er was. Hij vertelde een verhaal.

'De kameleon ontsnapte door naar het topje van de boom te klimmen. Hij riep naar God dat Hij hem moest volgen, maar God…' Ze zaten allemaal rond het vuur. Macdonald ook. Tante Mercy gebaarde dat hij erbij moest komen zitten. Sam ging onzeker op zijn hurken zitten en nam het bord van Tante Mercy aan. De ogen van de anderen gleden van Sam terug naar de timmerman, die verderging met zijn verhaal.

'… maar God antwoordde dat hij te oud was om te klimmen. Toen de spin dit hoorde, spon hij een fijne draad en bracht zo God in veiligheid…' De rook die van het vuur kwam veranderde van richting en dreef recht in Sams gezicht. Zijn ogen prikten. Hij wreef erin en keek de andere kant op.

Aan de rand van het licht dat van het vuur kwam stond Mavuto, leunend op het zadel van zijn fiets. Verlangen straalde uit zijn ogen.

14

'Gaan we naar school?' vroeg Sam.

Ezelina had al een mooie witte bloes aan en was nu bezig een marineblauwe rok aan te trekken.

'Nee gekkie, het is toch vakantie.'

Enock lachte Sam uit, maar ook hij trok zijn schooluniform aan. 'Het is zondag.'

'O.' Heel even was Sam teleurgesteld. Hij had eigenlijk best graag naar school willen gaan. Hij had het gevoel dat hij een van de besten van de klas zou zijn. Sint-Mungo's, een school in de stad, zou zeker beter zijn dan zomaar een dorpsschool.

'Aankleden, Sam. Kom, schiet op.' Tante Mercy had haar lange rok met ruches aan; ze bond een wit *doekie* om haar haar. 'Trek schone shorts en een schoon shirt aan,' zei ze. 'Ze liggen nog steeds in je koffer.'

De kerk, dacht Sam, natuurlijk.

'Eerst wassen! En ik wil graag dat jullie in de kerk allemaal bidden dat Robbie snel weer beter wordt.'

'Komt alles goed met hem?' vroeg Ezelina.

'Het is malaria. We bidden dat het goed komt. Hij krijgt de juiste pillen.'

Ze liepen samen naar de kerk, met andere families en groepen, over het pad dat gemarkeerd werd door gewitte stenen, naar binnen, de grote koele kerk in. Boven de deur was een gekleurd glas-in-loodraam. Het zonlicht stroomde erdoor naar binnen en wierp rode en blauwe vlakken op de vloer. Andere ramen stonden wijd-open.

Tante Mercy groette mensen, dat deed iedereen, en het gebabbel klonk steeds harder naarmate er meer mensen de kerk inkwamen en plaatsnamen op de banken.

Dominee Phiri liep het podium op waar een houten tafel en kruis stonden en het rumoer stierf langzaam weg. 'Lieve mensen –' Hij spreidde zijn armen.

Een rode vogel vloog door de deur naar binnen, achternagezeten door een gele; hij vloog rond het podium. Sam dacht dat de vogel tegen de dominee aan zou vliegen, maar hij zwenkte net op tijd een andere kant op.

Toen de dominee klaar was met bidden, begon het koor, dat geheel in het wit gekleed was en naast het podium stond, een hymne te zingen. Iedereen zong met het refrein mee en daarna ook met het couplet. Mensen zongen meerstemming, lichamen bewogen mee op de muziek voor zover dat kon op de krappe bankjes. Sam bewoog ook mee en zong er lustig op los; dit was een van Amais lievelingsliederen. Het werd steeds warmer.

Iedereen ging weer zitten. Tante toverde een doek uit haar boezem tevoorschijn en bette het zweet van haar voorhoofd.

'Jezus kijkt op ons neer.'

'Halleluja!' riep een man achter hen.

'Amen,' zei Tante.

'Ja, broeders en zusters, Jezus kijkt op ons neer. Hij kijkt op ons neer. Dat lezen we in Zijn Heilige Woord.'

'Maar voordat we dat horen, laat ons het hoofd buigen en bidden. Laat ons onze zonden herinneren, de woorden die we gezegd hebben die fout waren.'

'O, ja, Jezus, onze Heer,' klonk het van een andere kant.

'Dingen die we gedaan hebben die we niet hadden moeten doen.'

'Amen. Zo is het.'

'God ziet wat we wel of niet doen. God zal niet vergeten totdat wij berouw tonen.'

'O, o, o.' Een vrouw in de bank voor hen wiegde heen en weer.

'Amen.' Dat was weer de man achter hen.

De kerk werd muisstil. Sam kneep zijn ogen stevig dicht en vouwde zijn handen. 'Laat Macdonald zeggen dat het hem spijt,' bad hij, 'dan kan ik het hem vergeven. En God, vertel Amai en Atate waar ik ben. Zeg ze dat ik niet meer thuis ben. Vertel ze dat ik hier ben. Vertel ze dat.' Toen herinnerde hij zich wat Tante Mercy had gevraagd en hij voegde er snel aan toe: 'En laat Robbie gauw beter worden.' Hij kon het banaangele haar zó voor zich zien.

Er klonk een dreun op het dak en Sam schrok op. Nog een dreun. Sam opende zijn ogen. Niemand leek zich zorgen te maken. Een bons, toen werd er gesprongen en gekrijst. Van buitenaf klonk gelach. Nog meer gekrijs op het dak, nog meer gestuiter.

Ezelina stootte hem aan. 'Het is niets,' zei ze, 'alleen maar apen die aan het vechten zijn.'

Sam sloot zijn ogen weer en liet zich meevoeren door de melodieuze stem van de dominee.

Hij voelde iets in zijn zij drukken. Tante Mercy gaf hem een duwtje. 'Schuif eens op,' ze wapperde naar hem met haar hand. 'Hup.' De timmerman was binnengekomen en was naast haar gaan zitten. Chikondi brabbelde wat naar hem vanachter Tantes rug.

Sam schoof een beetje naar links en duwde op zijn buurt Ezelina opzij; zij duwde Enock, en die weer Macdonald.

'We zijn van uw pad afgedwaald,' ging de dominee verder.

'Ja, Heer,' klonk achter hen.

'Het zijn slechte tijden en we vragen ons af waarom.'

'Waarom!'

'Toon berouw!' riep de dominee.

'Ik heb gezondigd, ik heb berouw!'

'Lieve Heer, ik heb berouw.'

Er werd nu overal geroepen. Sam probeerde te horen of de stem van Macdonald erbij was. Nee dus.

Mavuto, die op de bank achter hen zat, leunde naar voren en tikte Macdonald op zijn schouder.

'Zitten!' siste Tante Mercy, die vanuit haar ooghoek zag dat Macdonald opstond.

Maar bij de volgende hymne glipte hij toch samen met Mavuto naar buiten.

Sam wilde ook weg. Misschien zaten ze wel weer achter zijn sneakers aan. Zouden die er nog zijn als hij terugkwam? Zij waren de zondaars! Zij zouden berouw moeten tonen!

Hij probeerde langs Ezelina te schuiven, maar Tante Mercy greep zijn mouw en keek hem doordringend aan. 'Jij blijft hier bij ons,' zei ze, 'die Mavuto heeft een slechte invloed op jullie. Luister jij maar naar de dominee.'

'Geloof en je zult gered worden!' De stem van de dominee verhief zich. 'Geloof kan bergen verzetten, zoals het Goede Boek zegt, ' en hij zwaaide de Bijbel hoog in de lucht.

Misschien geloofde hij niet genoeg, dacht Sam. Dat was het! Misschien als hij meer geloofde, misschien zou hij dan Amais geest kunnen voelen.

De dominee schreeuwde nu bijna, en iedereen stond op en begon te zingen. Sam wiegde weer mee met de muziek; dit vond hij leuk.

Aan het eind van de dienst stroomden de mensen naar buiten en bleven daar rondhangen onder de bomen. De dominee schudde handen, sprak met mensen; hij schreeuwde niet meer. Hij leek zelfs weer zijn normale lengte te hebben.

'Mercy Mlanga,' zei hij toen ze naast hem stilhield, met Sam en de tweeling achter zich. Hij greep haar hand met allebei zijn handen vast en leunde vertrouwelijk naar voren. 'Jij en de timmerman,' zei hij zachtjes tegen haar, maar niet zo zacht dat Sam niet kon horen wat hij zei. 'Ik zag jullie naast elkaar zitten. Ik heb geruchten gehoord – over een huwelijk?'

'Dominee, dat verbaast me van u. Naar roddels luisteren!' zei Tante Mercy afkeurend. Maar ze lachte naar hem voor ze het pad weer opliep.

Sam was verbijsterd, en niet alleen omdat ze de dominee een standje had gegeven. Hij draaide zich om, om te zien of Ezelina en Enock het ook hadden gehoord, maar zij waren bij een groepje kinderen blijven staan en lachten.

'Gaat u met de timmerman trouwen?' vroeg Sam; hij keek van de anderen weg en vocht tegen het gevoel van eenzaamheid dat hem bekroop.

Tante Mercy zoog op haar tanden en trok hem naar de rand van het pad, zodat ze niet in de weg stonden. 'Nee, Sam. Dat zou voor problemen zorgen.'

'Net zoals Mavuto, bedoelt u?' vroeg Sam zelfvoldaan.

'Nee, Sam! Dat bedoelde ik helemaal niet. De timmerman is geen slechte man en hij laat Mavuto in zijn werkkamer slapen. Nee, het zou alleen maar voor problemen zorgen als ik met hem trouwde. Ik trouw niet meer. De broer van mijn man heeft het me ook gevraagd, zoals gebruikelijk is. Maar ik heb nee gezegd, zelfs tegen hem. Dat is beter.'

'Waarom?'

'O.' Ze zuchtte eens. 'Vanwege De Ziekte. Het mag zich niet verspreiden. De overheid zegt ons niet nog eens te trouwen en ik denk dat het een verstandig advies is. En daarnaast, ik heb genoeg mannen in mijn leven: Enock, en Macdonald, en Chikondi, en…' ze trok hem naar zich toe, 'ik heb jou. Het is heel simpel. Waarom zou ik nog iemand nodig hebben?'

15

Sam sliep die nacht heel onrustig; hij bleef maar piekeren over van alles en nog wat. Kon hij maar met Amai praten, dan zou hij gelukkiger zijn. Als hij alleen maar met haar kon praten, dan zou hij zich hier misschien meer thuisvoelen. Maar wilde hij dat wel? Ze zou hem helpen. Kon hij maar, kon hij maar…

's Morgens was hij na Tante Mercy als eerste op. Zij was al klaar met bidden. Hij was als eerste aangekleed en naar de latrine geweest, had zich als eerste buiten bij de kraan gewassen en zijn mat opgerold.

Tante Mercy lachte naar hem. Hij zag opgelucht dat het een warme lach was die haar hele gezicht verlichtte. Daardoor aangemoedigd vroeg hij nu wat hij eigenlijk 's nachts had willen vragen, een van de vele keren dat hij wakker was geweest.

'Kun je alleen via de radio horen dat iemand dood is?'

Tante Mercy, die bezig was een mannenhemd over Chikondi's hoofd te trekken, stopte even. 'Soms plaatsen mensen een overlijdensbericht in de krant.' Het hemd viel tot op Chikondi's knieën. Ze tikte even op zijn billen. 'Zo. Ga maar naar buiten.'

Chikondi waggelde naar de deur.

'Stond Amai in de krant?'

'Dat weet ik niet.'

'Heeft u gekeken?'

'Sammy, ik heb geen krant. Nee.'

Sam besefte toen pas dat hij, sinds hij hier was, niemand de krant had zien lezen zoals Atate en Amai altijd hadden gedaan. Hij fronste zijn voorhoofd.

'Maar als u een krant zou willen lezen,' vroeg hij, 'waar zou u die dan kopen?'

Tante Mercy haalde haar schouders op. 'Vraag het Macdonald. Hij heeft een vriend die elke dag naar de *boma* gaat, naar de overheidskantoren, om de krant te lezen. Hij zoekt een baan.'

'Een baan?' herhaalde Sam. Hij snapte het niet. Wat had werk zoeken te maken met overlijdensberichten?

'Hij zoekt naar werk in de advertenties in de krant. Bij de *boma* hebben ze kranten die je mag lezen.'

'Is er ook een krant van de dag dat Amai doodging?'

'Hm, misschien. O, ik weet het niet, Sammy. Genoeg vragen. Macdonald, waarom lig je daar nog steeds? Opstaan. Enock, leg jij een vuur aan? Macdonald, water, alsjeblieft.'

'Waar is de *boma*?' drong Sam aan. Hij had net een idee gehad. Als er een overlijdensbericht in de krant stond en hij die mocht hebben, dan had hij nog een link met Amai en dat zou de kracht van de foto verdubbelen. Hij keek naar Macdonald; hij vroeg zich af of hij hem het antwoord zou geven.

'Ik ga wel met je mee.'

Het was Ezelina.

'Echt?' Hij had helemaal niet gemerkt dat ze had meegeluisterd.

'Je weet niet hoe je er moet komen. Ik zal het je laten zien.'

Toen ze langs het ziekenhuis liepen stonden er verpleegsters en patiënten buiten op de veranda voor het ochtendgebed. Ze zongen een hymne.

'Dat zijn de buitenlandse dokters.'

Dat hoefde ze Sam niet te vertellen! Naast de directeur stond de vrouw die hij door het raam had gezien; ze had ook een witte jas aan. Ze zong volop mee, net als haar man de directeur. Ezelina neuriede in het voorbijgaan met de melodie mee; ze huppelde een beetje. 'Kleine Robbie wordt beter,' vertelde ze hem. 'Amai heeft het me net verteld. Ze is zo blij.' Ze keken om de hoek van het gebouw naar het gras om te zien of Brown er was, zodat ze zijn arm konden aanraken. Het zou helpen met de kranten. Maar er was nog niemand buiten.

'Het is nog te vroeg,' zei Ezelina.

Maar het was niet te vroeg voor de hut op de hoek om eieren te verkopen; die lagen in een tinnen kom op de vensterbank.

Ze liepen door de theestruiken van de missie, met hun donkere glanzende bladeren, langs de oven waar bakstenen gebakken werden en nog verder tot er steeds minder struiken stonden. Er waren nu allerlei zijweggetjes te zien die wegleidden van het pad. Ezelina koos er een van.

'Is dit de weg?'

'Nee, maar ik weet waar je goed suikerriet kunt kopen.' Ze liet hem het muntje zien dat ze in haar hand hield. 'Van Amai gekregen.'

Het pad slingerde zich door struiken en groentetuintjes tot ze bij een groepje hutten kwamen waarvan de lemen muren pas opnieuw waren gladgestreken. Bij de tweede hut lag naast het pad een stukje grond waarop de gebruikelijke maïs hoog groeide en nog wat andere groenten. Lange rietstengels leunden tegen een houten hek. Ezelina legde het geld boven op het hek en koos een van de kortere stengels uit. Ze gaf hem aan Sam. Hij legde hem op de grond, ademde diep in, trapte hard op de stengel zodat die in tweeën brak en gaf een helft aan Ezelina. Nu hadden ze allebei hun eigen stengel om op te kauwen terwijl ze liepen. Ze kauwden en zogen de houtige zoetheid op terwijl ze terugkeerden naar het pad. Sam hield van het geluid dat zijn rubberen slippers maakten op de grond. Toen hij had gezien dat Ezelina haar slippers had aangetrokken, had hij die van hem ook aangedaan en nu liepen ze in hetzelfde tempo naast elkaar.

Het pad hield abrupt op bij een rivier. Aan hun voeten kronkelde een paadje naar het troebele modderige water beneden. Er waren vrouwen in het water, ze lachten en kletsten terwijl ze hun licha-men en hun haren wasten. Het water was zo troebel dat er bene-den hun middel niets te zien was, maar erboven waren ze naakt. Ezelina was het pad al half afgelopen, dus Sam moest wel volgen.

'O! Een jongeman!' gilde een van de vrouwen plagend, haar bor-sten deinden op het water. 'Spring erin en kom erbij!'

Sam was opeens heel verlegen. Hij gaf geen antwoord.

'Nee, Tante,' zei Ezelina terwijl ze van de ene naar de andere over-steeksteen sprong. 'Kom op, Sam.'

De eerste vrouw lachte kakelend terwijl hij sprong. Ze deed een greep naar hem maar hij was op de stenen sneller dan zij in het water en het lukte hem haar te ontwijken. De andere vrouwen lachten en juichten en toen hij eenmaal veilig aan de overkant stond, zich omdraaide en voor hen boog, klapten ze.

'Ga dan maar met je vriendinnetje mee,' zei de vrouw, en de ande-ren lachten vrolijk terwijl Sam en Ezelina verderliepen. Hierdoor konden ze niet horen dat Sam nog riep: 'Ze is mijn vriendin niet, ze is mijn nichtje!'

Dit pad leidde naar een ander dorp dat bestond uit een rij hutten aan beide zijden van het pad, met voor elke hut een klein stukje grond. Achter de meeste hutten lagen moestuinen. Ervoor wat goed verzorgde bloemen die in kleine kuiltjes in de grond groei-den, net als bij Tante Mercy. Maar bij sommige hutten stonden geen bloemen. De ramen waren dichtgetimmerd en de grond ervoor zag er rommelig uit: er was niet geveegd. De maïs in die tuintjes zag er droog en verwilderd uit. Hier was de dood geweest.

Aan de andere kant van het dorp kwamen Sam en Ezelina kleine begraafplaatsen tegen, en nog wat verderop weer. De meeste gra-ven hadden eenvoudige grafstenen met de naam van de overlede-ne erop en de sterfdatum. Sam keek naar de grafstenen die het dichtst bij het pad stonden. De oudste steen dateerde uit 1990. Maar de grond rook goed, de lucht was helder en ze kwamen men-

110

sen tegen. Terwijl ze zo liepen hielden ze Mount Mandingwe aan hun linkerkant; hij beschermde hen, terwijl de ochtendwolken rond de top langzaam dikker werden.

Ze praatten niet veel tijdens het lopen. Tegen de tijd dat het pad een laatste bocht maakte en hen uitspoog aan de rand van de onlangs geasfalteerde hoofdweg, stond de zon al veel hoger aan de hemel. Niet ver van hen maakte de weg eerst een bocht naar links, waarna hij zich weer in een rechte lijn uitstrekte naar de rechterkant: een glad zwart lint.

Sam ademde diep in. Hij herkende de geur van asfalt in de hitte, een stadsgeur, zelfs al leek dit helemaal niet op een stad. Naar links en rechts was de weg zelf leeg, maar langs de weg liep een gestage stroom mensen. Er gingen evenveel mensen de ene kant op als de andere.

Er kwam een bestelbus voorbij gerateld. Hij zat tot de nok toe gevuld met passagiers, net als de bestelbus waar Sam in was gekomen.

'Welke kant is Blantyre op?'

Ezelina wees naar links. 'Die kant. Denk ik,' zei ze erbij.

Dan reed dat busje de verkeerde kant op, weg van de stad, dacht Sam.

'Welke kant is de *boma* op?'

'Net voorbij de bocht.'

Weer wees Ezelina naar links. Een oude rode auto kwam voorbij getuft, gevolgd door een ratelende fiets. Ezelina wilde net de stroom wandelaars naar links in stappen toen er een zwarte motor de bocht om kwam.

'Allan!' riep Sam. 'Allan!' Hij sprong zwaaiend op en neer voor het geval dat Allan hem niet kon horen vanwege zijn helm, waardoor zijn hoofd eruitzag als een pompoen.

Maar Allan had hen gezien. Hij stopte en ze renden over de weg naar hem toe.

'*Muli bwanje?*' hijgden ze.

Hij klapte zijn vizier omhoog. '*Ndilo bwino, kaia inu.*'

'*Ndilo bwino. Zikomo.*'

'Wat doen jullie twee hier?'

'We gaan naar de *boma*,' zei Ezelina en ze stond op het punt uit te leggen waarom, toen Sam haar onderbrak.

'Kunnen we nu een ritje krijgen?'

'Nu? Jullie alle twee?'

Ezelina knikte.

'Hoe zit het dan met de *boma*?' vroeg Allan. 'Daar ga ik niet naartoe.'

'Later,' zei Sam luchtig.

'Maar ik ben op weg naar mijn werk.'

Ze bleven hem allebei gretig aankijken. Ezelina stak haar hand uit en streelde de leren zitting voor de bijrijder alsof het een levend dier was.

Allan schaterde. 'Oké.'

Ezelina klapte in haar handen en Sam grijnsde opgetogen.

'Even goed luisteren, hè,' zei Allan. 'Jij – hoe heet je?'

'Ezza, meneer.'

'Oké Ezza, jij zit achter me en ik wil dat je je goed vasthoudt. Samuel,' ging hij verder, terwijl Ezelina onwennig op de brede zitting klom, 'jij gaat achter haar zitten en je houdt háár goed vast. Met twee handen, oké?'

Ze zaten er allebei op en hielden zich stevig vast. Allan klapte zijn vizier weer naar beneden, gaf een dot gas en daar gingen ze.

16

Daar gingen ze dan, alleen niet over de gladde hoofdweg zoals Sam het zich had voorgesteld. Al na een paar meter sloeg Allan linksaf, een pad op waarbij een bord stond met 'Tiffin Thee' erop, en ze reden verder op het langzaam stijgende pad. Aan weerskanten van het pad groeiden theestruiken die zo dicht op elkaar stonden en zo weelderig groeiden dat ze alleen maar een dikke laag glanzen-de donkergroene bladeren dicht bij de grond zagen. Het zandpad liep recht omhoog de helling op, daarna maakten ze een scherpe bocht naar links en raakten een steen.

Ezelina gilde, maar ze liet niet los en ze bleef zitten. Sam hield zich stevig vast, vooral omdat het oppervlak van het pad nu zoveel hobbeliger was. Ze gingen steeds langzamer rijden totdat Allan stopte bij een aantal grote gebouwen en de motor afzette.

Hij klapte zijn vizier omhoog, keek even achterom naar hen, zet-te toen de helm af en schudde eens flink met zijn hoofd. 'Spring er maar af.' Hij wachtte tot Ezelina en Sam met beide benen op de grond stonden en zwaaide toen zijn been over de motor heen om ook af te stappen. De motor tikte toen die begon af te koelen.

'Wat, geen blauwe schoenen vandaag?' vroeg hij aan Sam.

Sam fronste zijn voorhoofd. 'Die waren gestolen.'

'Maar hij heeft ze weer terug,' zei Ezelina snel.

'Waarom draag je ze dan niet?'

'Wil ik niet meer,' mompelde Sam, hoewel hij dat niet echt meen-de.

'Als dat zo is, kun je ze net zo goed ergens laten staan voor iemand die ze goed kan gebruiken.'

'Dat kan niet,' zei Ezelina praktisch. 'Niemand zal ze meenemen omdat ze zo'n opvallende kleur hebben. Iedereen zou denken dat ze gestolen waren. Vooral nu ze al een keer gestolen zijn.'

'Hm.' Allan keek naar de gebouwen en daarna naar hen. 'Nu jullie hier toch al zijn: hebben jullie zin om me met mijn werk te helpen?'

Ze knikten allebei ijverig.

'Jullie weten niet eens wat ik ga doen!'

Sam haalde zijn schouders op. Ezelina fronste heel lichtjes haar voorhoofd.

Allan lachte. 'Het is al goed. Ik ga vandaag thee proeven. Kom maar mee.' Het was de eerste keer dat Sam hem had zien lopen; hij had een energieke, veerkrachtige tred. Achter hem deed Sam hem na, stap-stuiter, stap-stuiter. Ezza deed mee; ze hield haar hand voor haar mond om haar gegiechel te smoren.

Ze stap-stuiterden in een rij langs de theefabriek tot ze bij een kamer kwamen die uitstak aan de zijkant, en openden de deur. '*Muli bwan-je,*' begroetten ze de drie mannen die al binnen stonden. Ze hadden witte katoenen jassen aan die leken op die van de dokters van de missie, dacht Sam, die dicht bij Allan in de buurt bleef staan.

'Kinderen, Allan?' vroeg een van de mannen. 'Onbevoegd personeel hier binnen? Dat kan niet.'

'Die kun je geen personeel noemen,' zei een andere man, 'doe niet zo vervelend, Mphamvu Bwinji.' De man liep naar een kast, pakte er iets uit en liep naar hen toe. Hij schudde twee witte jassen uit. 'Hier,' zei hij en gaf er een aan Sam en een aan Ezelina. 'Doe deze maar even aan. Dat zijn de regels.'

Mphamvu Bwinji. Sam keek nog eens goed naar de eerste man. Was hij familie van meneer Bwinji? Hij durfde het niet te vragen, de man zag er zo grimmig uit, totaal anders dan Allan.

'En was je handen bij de gootsteen,' voegde Allan er nog aan toe, 'met zeep.' Hij pakte zijn eigen witte jas van de kapstok, trok die

aan en waste zijn handen terwijl Sam en Ezelina nog met de kno-
pen van hun lange jassen vochten.

Ze hezen de jassen omhoog en gingen op hoge krukken zitten om
toe te kijken terwijl de mannen thee schonken in de stevige witte
kopjes die in een rij voor hen stonden en begonnen met het proeven. De kinderen moesten giechelen toen de proevers de vloeistof
door hun mond lieten rollen en in een kom spuugden om te
beslissen welke soort het beste was.

'Ik ben blij dat jullie ons grappig vinden. Hier, ook wat thee.' Allan
schonk wat van de derde soort in twee kopjes. 'Jullie kunnen het
helemaal opdrinken en jullie hoeven het niet uit te spugen. Jullie
zullen wel dorst hebben.'

Mphamvu Bwinji snoof en keerde hun de rug toe, maar zei verder niets. Terwijl de andere mannen toekeken, wierpen Sam en
Ezelina elkaar een blik toe, ze brachten tegelijkertijd de kopjes naar
hun mond en dronken.

'En? Wat vinden jullie ervan?' vroeg de vriendelijke man.

De thee was heet en sterk, sterker dan wat Sam ooit eerder gedronken had als het een keer mocht van Amai. Daar had suiker in gezeten. Dit was bitter, zo bitter dat de binnenkant van zijn mond leek
te krimpen. Kon hij het maar uitspugen. Maar hij dronk het dapper op. Hij keek eens opzij naar Ezelina om te zien hoe zij het
vond. Maar ze had haar ogen dicht en de uitdrukking op haar
gezicht verraadde niets.

'*Zikomo*,' zei ze om Allan te bedanken en zette het kopje terug op
het schoteltje. Sam zag dat het haar maar net gelukt was om de
helft op te drinken.

'Het is goede thee,' zei Sam geestdriftig.

'Dat is het, en daarom brengen we het naar het ziekenhuis voor de
patiënten. Plaatselijke thee doet ze goed, een klein beetje luxe. Nog
een kopje?' Allan zwaaide met de theepot. Hij moest lachen toen
Sam zijn hoofd schudde.

'Nee, dank je.' Hij dacht opeens aan iets. 'In de woestijn drinken mensen toch heel veel thee?'

'In de woestijn? Dat zou ik niet weten,' zei Allan.

'Maar…' Nu snapte Sam het niet meer. 'Maar je zei dat je door heel Malawi hebt gereisd.'

'Dat klopt. En er is geen woestijn in Malawi.'

'O, maar Mansa Musa heeft het over de woestijn.' Sam hield voet bij stuk. 'Hij reist er de hele tijd doorheen. Het staat in mijn boek.'

'Mansa Musa?'

'Je weet wel, de goede koning in Malawi. Jaren en jaren geleden. Toen Malawi nog Mali heette.'

Allan lachte. 'Nee, Sam. Mali is niet Malawi. Het is een ander land, helemaal in het noorden, duizenden kilometers hier vandaan. Een deel van Mali is woestijn. Ik denk dat jouw Mansa Musa door de Sahara reisde. Nee, daar ben ik nog nooit geweest.'

'O.' Sam was helemaal teleurgesteld. 'Dus er zijn hier ook geen kamelen?'

'In Malawi? Ik ben bang van niet, jongeman. Je zult naar het noorden moeten om ze te vinden. Ah, kijk niet zo teleurgesteld,' hij aaide even over Sams hoofd. 'Mali ligt nog steeds in Afrika. Niets weerhoudt je ervan er ooit een keer naartoe te gaan.'

Sam dacht niet dat hij dat wilde. Het zou nog verder weg zijn van waar Amai en Atate lagen. Dat zou hij niet kunnen verdragen.

'Misschien kun je er in je sneakers naartoe lopen,' zei Ezelina. 'Ze zijn stevig genoeg.'

'Wat?' Nu werd hij boos. Hij wilde het helemaal niet over zijn sneakers hebben. Meende ze dat nu serieus? Wilde ze hem soms weg hebben?

Maar toen hij haar aankeek, zag hij dat ze lachte.

'Het zou je maanden kosten,' verklaarde Allan. 'Met een motor kom je er sneller! Nou, geef die jassen maar terug.' Allan hing ze op, bracht hen weer naar buiten en wees. 'Jullie moeten terug die kant op, dan volg je gewoon de hoofdweg om bij de *boma* te komen en –'

'Ik weet de weg,' onderbrak Ezelina hem en ze begon al te lopen. Sam bleef nog even staan. 'We gaan ernaartoe omdat ik een krant moet vinden,' vertrouwde hij Allan bijna fluisterend toe. 'Ik moet weten of er een overlijdensbericht voor Amai in staat.'

'O?'

Sam hield abrupt zijn mond. Hij wilde het niet uitleggen voor het geval dat wat van de geestkracht van het bericht weg kon nemen. Als hij al een bericht zou vinden. Hij draaide zich niet meer om toen hij achter Ezelina aan liep. Hij zag niet dat Allan hem bedachtzaam na stond te kijken, de handen op de heupen.

17

Eenmaal terug op de hoofdweg sloegen ze rechtsaf en liepen met de stroom wandelaars mee. Er kwam geen auto voorbij, alleen maar een zwaar met zakken beladen fiets, en nog een, wiebelend op verbogen wielen, en toen waren ze er. Het was een verzameling oude gebouwen rond een soort plein. Ze liepen naar de plek die er het drukst uitzag, een bungalow onder de bomen. Ze bleven staan onder aan de trap die naar een lange lage veranda leidde, een beetje onzeker, tot Sam een bord zag boven de ingang waarop met half vervaagde letters 'DISTRICTCOMMISSARIS' stond. Een gezette vrouw liep hijgend en puffend de trap op en ze volgden haar over de veranda en de open deur door waar net twee mannen uit kwamen lopen.

In de drukke wachtkamer was het heet. Mensen hurkten tegen de muur, geduldig wachtend. Een paar mensen hadden geluk en zaten op bankjes, dicht tegen elkaar aan gedrukt. Er werd een naam geroepen en een man aan het eind van een bankje stond op. De dikke vrouw zag het meteen en ging er snel zitten, één bil op het bankje en één ernaast, verwoed wapperend met haar hand. Naast haar wuifde een man zich wat koelte toe met een opgevouwen krant.

Een krant! Sam keek de kamer rond. In de hoek lag er een hoge nette stapel van, met een streng kijkende man ernaast. Op een kleine tafel in de buurt hadden twee jonge mannen kranten uitgespreid voor zich liggen; ze waren geconcentreerd aan het lezen.

'Mag ik kijken?' vroeg Sam aan de man die de kranten bewaakte.

'Waarom?' De man bekeek hem van top tot teen.

Ezelina kwam naast hem staan. '*Muli bwanje.*' Ze begroetten elkaar.

118

'Mogen we alstublieft kijken?'

De man keek wat toegeeflijker. 'Waar zijn jullie naar op zoek?'

Ezelina gaf Sam een por ten teken dat hij antwoord moest geven.

'Mag ik alstublieft de krant van zes juni bekijken?' Dat was de dag dat Amai was gestorven. Hij was nu wat beleefder.

De man tilde de bovenste helft van de stapel en bladerde door de volgende paar edities. 'Ah, daar is hij.' Hij trok hem tevoorschijn. 'Zes juni. Laat me jullie handen eens zien.'

Sam stak die van hem uit, met de palmen naar boven.

De man leek haast teleurgesteld te zijn dat ze zo schoon waren. 'Hier dan. Neem hem maar mee naar de tafel.'

'Help me Amais bericht te vinden,' zei Sam tegen Ezelina. 'Dit is de dag dat ze doodging.'

Samen sloegen ze langzaam de bladzijden om. Binnenlands nieuws, buitenlands nieuws. 'Hier.' Geboorten, overledenen, huwelijken. Sam liet zijn vinger langzaam langs de kolom overledenen glijden. Amai stond er niet bij.

'Sam, luister. Als ze op zes juni doodging, zou het bericht er dan al op de zesde in staan? Zou dat niet pas de volgende dag zijn?'

Idioot! Sam sloeg tegen zijn voorhoofd. 'Wil jij de kranten van de twee volgende dagen opvragen? Alsjeblieft?' vroeg hij. 'Hij vindt jou aardiger.'

Ze bracht de krant terug en kwam met twee andere terug.

'Kijk jij in die van de achtste, dan kijk ik in die van de zevende,' zei Sam tegen haar.

Deze keer wist hij precies op welke bladzijde hij moest zijn. Daar stond het! Helemaal onder aan de kolom:

'Innocence Sangala, geliefde echtgenote van…'

Sam ging zo zitten dat Ezelina tussen hem en de man in stond en hem aan zijn zicht onttrok. Hij pakte de rand van de bladzijde waar de kolom eindigde vast tussen vinger en duim en scheurde die er heel snel af. Hij had het stukje papier al in zijn broekzak gestopt voordat iemand het had kunnen zien. Niemand leek zelfs maar iets gehoord te hebben. Behalve Ezelina. 'Wat doe je nou?' siste ze.

'Sst.' Hij maakte een hele vertoning van het gladstrijken en dicht-vouwen van de krant.

'Breng jij ze voor me terug? Alsjeblieft, Ezza,' zei Sam toen ze aar-zelde.

'Hebben jullie gevonden waar jullie naar op zoek waren?' vroeg de man.

Ze knikte en lachte haar allerliefste lach, terwijl Sam snel tussen de mensen door naar buiten liep. Een klein plastic zakje werd opgepakt door een licht briesje. Hij greep het en stopte het in zijn zak, en was al bijna weer bij de weg voordat Ezelina zelfs maar naar buiten was gelopen.

'Wacht! Niet zo snel!' Ze probeerde hem in te halen, maar Sam ging niet langzamer lopen. Hij wilde zoveel mogelijk afstand tus-sen hem en de bewaker van de kranten. Hij wist dat hij iets ver-keerds had gedaan, kranten waren duur, maar hij zou het afge-scheurde bericht niet teruggeven.

Ze verlieten de weg en kwamen weer op het pad.

'Sam!'

Maar hij bleef verder lopen, flip flop flip klonken zijn slippers snel achter elkaar, en ging de bocht om.

Ezelina trok een sprintje om hem in te halen. 'Sam!' Ze trok aan zijn arm.

Eindelijk bleef hij staan.

'Mag ik zien wat je uit de krant hebt gescheurd?'

Sam knikte. Vlak bij het pad stond een termietenheuvel en daar liep hij naartoe.

Ze klommen erop en gingen zitten. Sam nam het stukje papier uit zijn zak. Heel voorzichtig streek hij de kreukels glad en legde het op de palm van zijn hand, en samen lazen ze:

'Innocence Sangala, geliefde echtgenote van de overleden Armstrong Sangala, moeder van Samuel, is vredig ingeslapen in Blantyre op zes juni. God hebbe haar ziel.'

'Ik ga het bij hun foto in het lijstje stoppen.' Hij had het gevoel dat hij haar wel kon vertrouwen en aan de blik in haar ogen te zien leek ze het te begrijpen. Hij liet het papiertje in het plastic zakje glijden, vouwde het zakje op en stopte het terug in zijn zak. Net op tijd. Een druppel water viel op zijn hand. Hij had de donkere wolken die zich boven zijn hoofd hadden verzameld, niet eens opgemerkt.

Ze sprongen van het heuveltje en liepen verder. De regen plensde op hun onbedekte hoofden neer. Het water druppelde langs hun nek naar hun middel en verder, totdat ze helemaal doorweekt waren. Hun voeten glibberden nat in hun slippers en dus trokken ze die maar uit en droegen ze. De zachte modder kwam tussen hun tenen omhoog en zoog aan hun voeten terwijl ze liepen. Sam lachte. Het kon nog zo hard regenen, het maakte hem niets uit. Zijn bericht was veilig opgeborgen in het plastic zakje.

Het hield net op met regenen toen ze weer bij de rivier aankwamen en de zon kwam tevoorschijn alsof hij nooit weg was geweest. Ze glibberden en gleden zo goed en zo kwaad als het kon het pad af, dat nu modderig was, en staken het water over, springend van de ene steen naar de andere, en klommen aan de overkant met behulp van boomwortels weer naar boven. Eenmaal terug op het pad zagen ze dat er damp van het pad kwam, vergezeld van de dikke donkerrode geur van de aarde. Hun kleren dampten ook toen die door de warmte van de zon begonnen te drogen. Sam dacht dat hij die dag minstens drie uur had gelopen en de missie was nog niet eens in zicht. Hij was er niet aan gewend om zulke afstanden te lopen. 'Thuis,' vertelde hij Ezelina, 'hadden we een auto. Amai bracht me er altijd in naar school. En ook naar andere plaatsen.'

'Laten we maar brandhout halen,' zei Ezelina.

'Maar het hout zal nat zijn.'

'Het droogt wel.'

'Nou, als ik dan terugkwam van school,' ging Sam verder, 'speelde ik spelletjes op mijn computer. Heb je ooit een computer gezien, Ezza?'

Ze schudde haar hoofd.

'Maakt niet uit, je zult er vast wel eens een zien,' zei hij grootmoedig. 'In elk geval, in een van die spelletjes zijn er van die buitenaardse wezens, alleen zijn het niet echt buitenaardse wezens; het zijn mensen die honderd jaar eerder de aarde hebben verlaten en sinds die tijd zijn ze veranderd. Ze komen terug op aarde en proberen zoveel mogelijk mensen te vangen om op te experimenteren, en je moet ervoor zorgen dat ze niet –'

'Laten we hier de takken maar rapen,' zei Ezelina.

'O. Oké. In elk geval, je moet ervoor zorgen dat ze niet bij de belangrijkste verkeerstoren komen omdat ze dan –'

Hij was tegen zichzelf aan het praten. Ezelina was al een paar meter verderop, zoekend naar brandhout. 'Ezza?' zei hij. 'Ik moet je nog vertellen wat er dan gebeurt, in het spelletje bedoel ik. '

Ze leek haar schouders op te halen. Nou, goed dan. Als het haar niet interesseerde, dan hem ook niet. En waarom zou hij eigenlijk takken moeten rapen? Ze hadden gisteren toch al een hele berg gehaald?

Achter haar, uitgestrekt over de grond, zag hij een hoge heg die hij dacht te herkennen. Hij draaide zich om. Links van hem stonden de verwilderde bomen op een heuveltje en verderop lag Mount Mandingwe, die hem beschermde. Dan was de begraafplaats waar hun atate begraven lag niet ver weg.

Hij had gelijk. Het was de enorme heg waarvoor Enock hem had gewaarschuwd. 'Ons,' had Enock gezegd. Het is verboden voor 'ons'. 'Ons' van het dorp. Nou, Macdonald had gezegd dat Sam daar niet thuishoorde. En trouwens, Sam kwam niet uit het dorp, nietwaar. Hij kwam uit Blantyre. En hij was nieuwsgierig. Hij vergat de waarschuwingen van zijn vader en wat zijn moeder altijd tegen hem zei: 'Wees niet zo nieuwsgierig, dat komt je nog eens duur te staan.'

Hij keek nog eens vlug over zijn schouder. Ezelina lette niet op. Zo stil als een kat liep hij naar de heg toe en sloop erlangs.

De heg hield abrupt op en ging in een hoek van negentig graden verder. Sam volgde. Ook deze kant hield op en liep in een hoek weer verder, en nog eens. Hij liep er helemaal omheen. Vier zijdes. Hij had geen openingen gezien. Maar de heg was zo groot dat hij zeker wist dat er iets in moest zitten. Dit kon niet massief zijn. En dat betekende weer dat er een ingang moest zijn.

Hij keek nog eens om. In de verte leek Ezelina heel klein, zoals ze daar op die steen zat, met haar rug naar hem toe. Zachtjes liep hij nog eens langs de heg en, toen hij eenmaal uit het zicht was, deze keer langzamer. Hij onderzocht de dikke groene barrière, die schijnbaar ondoordringbaar was.

Daar!

Sam was op zoek geweest naar een opening in de heg, misschien met een poort. Hij was niet op zoek geweest naar een gat. Maar dat was wat hij vond. Het leek wel alsof het onderste gedeelte van de heg was opengescheurd. Het gat was niet erg breed, maar breed genoeg voor een volwassene om erdoor te kunnen en hoog genoeg voor een volwassene om er gebukt doorheen te lopen. Zelfs Sam moest een beetje bukken.

Toen werd hij tegen de grond gegooid, zodat de lucht uit zijn longen werd geperst.

'Niet doen!' Ezelina boog zich over hem heen. 'Daar mag je niet heen gaan! Heb je me niet horen roepen?'

Sam schudde zijn hoofd, nog steeds verbaasd over haar aanval. Van waar hij op de grond lag kon hij net even door het gat kijken. Hij zag een schemerig groen licht en kon een geweldige stilte voelen. Het was alsof iets hem riep. Hij begon er dichter naartoe te kruipen.

'Sta op!' Ezelina klonk zo vinnig dat hij meteen overeind krabbelde.

'Waarom mag ik er niet in?'

'Omdat je dan vervloekt zult zijn. Je ogen zullen uit je hoofd vallen als straf voor het zien, je oren zullen dichtgestopt zitten voor het horen en je mond zal nooit meer opengaan.'

Hij staarde naar haar. Hij keek nog eens naar de heg. 'Hoe weet je dat?'

'O!' Ze was boos. 'Kan je dat niet eens voelen?'

Dat kon hij wel. Hij kon iets voelen, maar het riep hem, het duwde hem niet weg.

'Woont de *nchimi* hier?'

Ze wierp het hoofd in de nek. 'Je moet meekomen. Je kunt hier niet blijven. Ik kan hier niet blijven. We zijn nog niet oud genoeg. Kom mee. Hier, pak aan.' Ze duwde hem een bundel takken in zijn handen en legde een andere op haar hoofd.

'Langzaam nou, Ezza!' riep Sam. Ze rende nu bijna. 'Je zou haast denken dat je bang was.'

'Ik bén bang.' Haar ogen fonkelden. 'Dat zou jij ook moeten zijn. Dit is geen plek voor ons.'

18

Tegen de tijd dat ze thuiskwamen regende het niet meer en lag het modderige pad zachtjes te dampen in de felle zon. Ze hadden de rest van de weg nauwelijks nog wat tegen elkaar gezegd.

Hij liep meteen door naar binnen. Hij haalde zijn berichtje tevoorschijn, vouwde de gerafelde randjes om totdat het er netjes uitzag en duwde toen een kant ervan in het lijstje. Het bedekte de voeten van zijn moeder, maar op de een of andere manier maakte dat niets uit.

'Wat ben je aan het doen?' Het was Macdonald.

'Hij stopt zijn moeders overlijdensbericht uit de krant bij de foto van zijn ouders,' legde Ezelina uit, 'om haar zo dichter naar zich toe te halen.'

'Hoe kun je!' Sam keek haar vernietigend aan. Hij had niet gewild dat iemand anders dat zou weten, en Macdonald al helemaal niet.

'Wat?' vroeg Ezelina. 'Wat heb ik gedaan?' Ze keek gekwetst.

Sam draaide zich om. Ze had het verpest! Als je sprak over iets wat macht had, maakte je het zwakker. Macdonald zou het uiteindelijk heus wel gezien hebben, maar liever niet zo snel. En dan zou hij niet geweten hebben wat het betekende. Sam had gedacht dat Ezelina zijn vriendin was, dat hij haar zijn geheim kon toevertrouwen.

Hij ging op de grond zitten, met zijn rug tegen de muur, zijn knieën tegen zijn borst, zijn hoofd naar beneden. Iemand raakte zijn haar aan, maar hij negeerde Ezelina – hij dacht tenminste dat zij het was – en hij voelde dat ze wegliep.

Eindelijk voelde hij dat hij alleen was. Hij keek op naar de foto en het bericht, maar het was moeilijk om ze helder te zien omdat zijn ogen nat waren en Amai en Atate zagen er daardoor wazig uit. Toch wilde hij dat Amais geest ergens in de foto en in het papier zou zijn. Als dat zo zou zijn, zou hij zich hier minder vreemd voelen. Tante Mercy had gezegd dat hij er wel aan zou wennen om hier te zijn, maar er waren nu al heel wat dagen voorbijgegaan en hij voelde zich hier nog steeds niet thuis.

Waar was haar geest?

Hij liep naar zijn koffer, gooide de deksel open en pakte zijn geliefde sneakers. Hij snoof de bekende geur op. Hij fronste zijn wenkbrauwen toen hij de nieuwe grasvlek zag en de roetvegen en de aangekoekte modder. Hij wreef de modder eraf, maar de vlekken wilden niet weg. Hij trok de schoenen toch aan, in de hoop dat ze zouden helpen. Ze vormden tenminste een schakel met Amai.

Hij slikte snot weg, veegde langs zijn ogen, liep naar de plank om *Mansa Musa* te pakken en ging ermee naar de tafel. Voordat Kankan Musa de Mansa, de heerser, was geworden, was hij ook alleen geweest. Hij was ook een zoektocht begonnen, naar zijn vader. Hij zou begrepen hebben wat Sam nu meemaakte op zijn zoektocht naar zijn moeder.

'Je zegt een man te zijn, maar je hebt het beest binnen in je nog niet getemd…'

De woorden zwommen voor zijn ogen en een traan viel op het woord 'nog' en vergrootte het. Hij depte hem op met een puntje van zijn shirt, maar de tranen bleven vallen. Het haalde niets uit, hij kon nu gewoon niet lezen, niet alleen, niet zonder Amai. Hij wilde met zijn vrienden in de stad spelen; hij wilde naar huis rennen en Amai op haar gewone plekje vinden, waar ze op hem zat te wachten; hij wilde in zijn eigen bed liggen in zijn eigen kamer. Hij klapte het boek dicht, veegde hard met de rug van zijn hand over zijn ogen en legde het boek terug. Toen pakte hij het weer van de plank en liep naar buiten. Ezelina riep naar hem maar hij liep vlak langs haar heen, terwijl hij het boek verborgen hield. Tante Mercy had gezegd dat het op de plank moest blijven liggen. Maar het was *zijn* boek, hij kon ermee doen wat hij wilde. 'Ik ga naar Brown toe,' zei hij en liep snel door.

'Ik ga met je mee.' Ze rende om hem in te halen en liep snel naast hem mee, maar ze liet hem gaan toen ze zijn gezicht zag en merkte dat hij niet eens naar haar keek. 'Kom gauw weer terug!' Haar stem stierf langzaam weg terwijl Sam wegliep.

Bij het ziekenhuis liep Sam het heuveltje op en keek om zich heen. Overal zaten of lagen patiënten, mannen en vrouwen. Sommigen op het gras, anderen op een doek. Er liepen kinderen rond en er waren ook helpsters. Maar Brown zag hij niet, en Stella evenmin. Er waren broodmagere mannen, er waren vrouwen die hoestten en spuwden, maar Brown zat er niet tussen.

Op de veranda aan de overkant zag hij een groep mannen staan die druk gebaarden en opgewonden kreten slaakten. De Nederlandse dokter stond er ook bij, stil, luisterend.

Hij zag Sam staan. 'Hé! Jij daar!' De directeur wenkte.

Sam wees op zichzelf. 'Ik?'

De directeur knikte. 'Kom eens hier.'

Sam liep naar de veranda toe en bleef voor de man staan. Hij glimlachte, vroeg zich af of de dokter hem nu ook zou vragen hem met de computer te helpen.

'Is dit de jongen?' vroeg de dokter aan een van de mannen.

'Ja.' De man lachte niet.

De buitenlander boog zich naar hem toe. 'Heb jij de laptop meegenomen?'

Sam was stomverbaasd. Dit had hij niet verwacht.

'Heb jij de laptop meegenomen?' vroeg de dokter weer.

'Nee.' Hij schudde zijn hoofd. 'Natuurlijk niet.'

'Hij is gestolen.'

'Niet door mij! Waarom beschuldigt u mij?' riep hij wild.

'Niemand beschuldigt je.' De dokter zag er streng uit. 'Maar je bent gisteren gezien toen je uit de computerkamer kwam. En je weet hoe je hem moet gebruiken.'

'Dat maakt de jongen nog geen dief,' protesteerde een andere man. 'Ik heb over hem gehoord.'

'Waar is meneer Bwinji?' Sam zag hem niet bij de kleine groep staan. 'Hij zal u vertellen dat ik geen dief ben!'

'Meneer Bwinji is er niet. Hij moest terug naar zijn eigen dorp voor een begrafenis,' antwoordde iemand. 'We weten niet wanneer hij terugkomt.'

'Luister,' zei de dokter ongeduldig. 'We moeten die laptop vinden. Ik wil dat er overal gezocht wordt. Misschien moeten we eerst eens met de moeder van deze jongeman gaan praten.'

'Hij woont bij Mercy,' zei de man die voor Sam was opgekomen.

'Mercy Mlanga?' De dokter keek verbaasd. 'Ben jij degene die net bij haar is komen wonen? Haar neefje?'

Sam knikte.

'Dan zal ik zelf even met mevrouw Mlanga praten.' Hij trok eens aan zijn oor.

'Zij heeft hem niet gepakt!' Daar was Sam zeker van.

'Je kunt gaan.' De dokter stuurde hem weg.

Met een hart dat tegen zijn ribben bonsde sprong Sam van de veranda af en rende weg langs het pad, naar de volgende vleugel van het ziekenhuis. Bij het eerste gebouwtje keek hij naar binnen. Hij zocht nog steeds naar Brown. Tien ijzeren ledikanten waarin tien mannen lagen, de meeste onder een laken of een doek. Hij liep naar binnen. Het was erg stil op de zaal. Een paar mannen draaiden vermoeid hun hoofd naar het geluid toe om te zien wie er binnen was gekomen.

Sam lachte een beetje onzeker naar hen en liep langs de bedden. Hij vond Brown, helemaal in de hoek aan het eind van de zaal; hij had zijn ogen dicht.

Sam knielde naast het bed en strekte zijn hand naar de man uit. Voordat hij de stomp kon aanraken opende Brown zijn ogen.

'Hallo jongeman. Ben je gekomen om nog wat geluk te halen?'

Sam haalde zijn schouders op. Natuurlijk. Maar als hij dat zei, zou hij misschien gaan huilen en dat wilde hij niet. Hetzelfde zou gebeuren als hij hem vertelde dat mensen dachten dat hij een dief was. 'Kijk.' Hij haalde *De Reizen van Mansa Musa* tevoorschijn. Hij had het boek eerst alleen maar aan Brown willen laten zien, maar nu alles zo verkeerd was gegaan en het zo slecht ging met Brown, leek het hem een goed idee om hem voor te lezen. Hij had Amai op het laatst ook voorgelezen, toen ze hem niet meer kon voorlezen.

Hij sloeg het boek open, vertelde Brown de titel en begon te lezen, een beetje houterig eerst, maar daarna met meer zelfvertrouwen toen hij het lachje om Browns lippen zag.

'Dank je.' Door de manier waarop Brown dat een tijdje later zei, wist Sam dat hij voor nu genoeg gehoord had. Sam had graag nog wat door willen gaan. Zijn zorgen waren even verdwenen tijdens het voorlezen. 'Help me even overeind.'

Sam stond op. Hij trok Brown een beetje omhoog, zoals hij dat bij Amai had gedaan. De beweging maakte Brown aan het hoesten. Hij moest zo erg hoesten dat het leek of zijn kwetsbare lijf zou breken. Toen het voorbij was haalde Brown met veel moeite adem. Hij draaide zijn hoofd weer naar Sam toe en stak zijn stomp naar hem uit. 'Hier.'

Sam raakte hem aan. Hij liet zijn hand daar liggen, op de stomp, en Brown trok hem niet weg. Op een vreemde manier gaf het troost.

'Zeg eens,' beval Brown met een schor gefluister, om niet weer in hoesten uit te barsten. 'Wat is er aan de hand? Waarom ben je echt naar me toe gekomen, helemaal alleen?'

Sam wist niet waar hij moest beginnen, hij had hem zoveel te vertellen. 'Ik heb geen vrienden –' Hij hield even op. Ezza was aardig tegen hem geweest – maar ze had Macdonald over het bericht verteld. En hoe zat het met Enock? Maar – 'Macdonald haat me,' ging hij verder, 'en ik haat hem ook. Hij leest mijn boek. Hij stal mijn sneakers. Amai had die aan me gegeven.'

Brown zuchtte. 'Besef eens hoeveel geluk je hebt, jongen. Je hebt toch voedsel om te eten? Een dak boven je hoofd? Familie om voor je te zorgen?'

Ja, dacht Sam, maar het is geen thuis.

'Schijnt de zon? Is er iemand om je een knuffel te geven?'

Ja, dacht Sam, maar Tante is Amai niet. 'Ik wil Amai!' riep hij huilend uit. 'En ik kan niet met haar praten. Alles is fout. Ze is op de verkeerde plek begraven, dat komt door meneer Gunya. Het is zijn schuld,' al wist hij dat het niet zo was; zijn moeder had het zo gewild. 'Ze had hier bij onze voorouders begraven moeten worden, waar ze geboren was, en nu kan ik haar helemaal niet meer bij me voelen en er is geen graf waar ik naartoe kan gaan om tegen haar te praten.'

Brown was zo stil dat Sam dacht dat hij hem niet gehoord had, misschien zelfs niet eens naar hem geluisterd had.

'En ze denken dat ik een computer gestolen heb, de laptop. En dat heb ik niet gedaan. Ze gaan overal zoeken. Het is niet eerlijk! Niemand heeft de moeite genomen om te zoeken toen ik mijn sneakers kwijt was!'

Brown sloot zijn ogen.

Misschien had hij toch niet moeten komen, dacht Sam.

Maar toen sprak Brown, zijn ogen nog steeds dicht. 'Luister eens goed, jongeman. Je moet een offer brengen. Wat je dierbaar is, moet je weggeven. En als je het hebt weggegeven moet je het er niet meer over hebben. Die blauwe schoenen,' hij pauzeerde even om adem te halen.

Sam keek ernaar. Met zijn vrije hand reikte hij naar beneden en streelde het koele leer.

'Geef ze weg. Het zijn maar dingen. Ze veroorzaken alleen maar problemen voor je. Laat een ander ze dragen.'

Sam schrok zo erg dat hij zijn hand van Browns stomp wegnam.

19

Tante Mercy was thuis toen hij terugkwam, en ze praatte tegen Mavuto. De anderen stonden dicht bij haar te luisteren. Sam hield het boek achter zijn rug zodat ze het niet zou zien.

'Waarom niet?' Mavuto keek boos.

'Ik heb het je al uitgelegd,' zei Tante Mercy. 'Je bent vijftien. Dan ben je oud genoeg om voor jezelf te zorgen.'

'Dat probeer ik ook!' riep Mavuto. 'Maar toch, waarom mag ik bij niet jullie blijven?'

'Wat is er mis met slapen bij de timmerman?'

'Hij kookt niet voor me. Als u met hem trouwde –'

De tweeling keek ongemakkelijk. 'Trouwen?' vroeg Ezelina.

'Trouwen?' herhaalde Enock.

'Heeft ze het jullie niet verteld?' Mavuto draaide zich naar hen om. 'Hij wil met haar trouwen en dan zouden we allemaal bij elkaar wonen.'

'Maar ik ga niet met hem trouwen.' Tante Mercy was heel rustig. 'Zelfs al is hij een goede man.'

'En een goede verteller,' onderbrak Macdonald haar.

'Ik trouw niet meer,' ging Tante Mercy verder alsof hij haar niet in de rede had gevallen. 'Dat is beter.'

'Maar het zou helpen,' smeekte Mavuto. 'Als de kinderen van de dokter dood zouden gaan, zou u uw baan verliezen. En dan heeft u geld nodig.'

Er volgde een geschokte stilte.

'Amai, u zei dat het beter ging met Robbie,' zei Ezelina.

'Dat is ook zo. Mavuto, het is heel aardig van je dat je zo bezorgd bent, maar ik red het wel, dank je. En ik verlies mijn baan niet.'

'Als het zo goed gaat, waarom kan ik hier dan ook niet komen wonen? Net als Sam?' Hij gaf Sam een verdrietig lachje.

'Er is geen plaats.'

'Dat komt omdat Sam hier nu woont!' riep Macdonald.

'Zo is het wel genoeg! Mavuto en Macdonald, gaan jullie alsjeblieft naar de markt om bonen te halen voor het avondeten. Mavuto, je bent welkom om vanavond bij ons te eten, maar ik wil niets meer over trouwen horen, of over hier komen wonen.' Ze keek hen allebei boos aan.

Toen keek ze naar Sam. 'Veeg jij het erf aan? Dat moet nodig gebeuren. Ezelina, haal jij even lucifers?' Ze verdeelde de klusjes.

Zie je wel! Hij veroorzaakte alleen maar problemen, dat wist hij zeker. Als hij er niet was geweest, had Tante Mercy Mavuto in huis genomen.

Hij slofte met een zwaar hart naar binnen om de bezem te halen en legde het boek terug op de plank. Niemand wilde hem, niet echt. Er waren zelfs mensen die dachten dat hij een dief was, niet veel beter dan Macdonald. Hij maakte Tante Mercy te schande. Misschien had Brown hem toch een goed advies gegeven. Misschien zou alles goed komen als hij de sneakers opofferde.

Hij ging op de grond zitten en trok ze uit. 'Het spijt me, Amai,' zei hij en keek voor de zekerheid nog even naar de foto. Hij liep naar buiten, veegde, maakte de mooiste bogen op de aarde en dacht de hele tijd verwoed na.

Hij hing de bezem weer binnen aan de haak, pakte zijn sneakers en liep op blote voeten om de hut heen, langs de latrine; hij wilde niet dat Ezelina of Enock zou vragen wat hij ging doen. Hij stopte even om de sneakers onder zijn shirt te verstoppen en liep daarna doelbewust naar het voetbalveld. Er was niemand aan het spelen. Goed.

Hij liep naar de verste doelpaal, zette de sneakers neer waar hij ze de vorige keer had laten staan en liep weg.

Maar nog voor hij de bocht bij de markt om was hoorde hij rennende blote voeten achter zich op de grond kletsen. 'Sam! Sam! Hier, je hebt je schoenen vergeten.' Een van Enocks vrienden stak ze naar hem uit.

'O. Bedankt,' zei hij.

'Zit wel goed. Tot ziens.'

Sam knikte. Hij stond daar, besluiteloos, tot de andere jongen uit het zicht was verdwenen. Toen bukte hij zich en zette de sneakers midden op het pad neer.

'Je moet je schoenen daar niet laten staan!' Een klein meisje keek naar hem op. 'Je amai zal boos op je zijn.' Snel stak ze haar duim weer in haar mond.

'Bedankt,' zei hij. Hij pakte ze maar weer op. Hij liep wat verder door, de bocht om waar minder mensen langs kwamen lopen. Aan de rechterkant lag een platte steen. Hij zette zijn sneakers erop en liep weg.

'Samuel!' werd er achter hem geroepen.

Hij bleef staan en draaide zich om.

Het was de dominee. 'Ik geloof dat deze van jou zijn.' Hij stak ze Sam toe. 'Je moet beter voor je bezittingen zorgen, anders zou iemand ze kunnen stelen.'

Sam mompelde een bedankje en pakte de sneakers aan. Er moest toch een manier zijn om ze op te offeren. Dit werkte gewoon niet.

20

Sam werd de volgende ochtend vroeg wakker. Hij was onrustig. Het avondeten was anders dan anders geweest. De timmerman was niet langsgekomen en had na het eten dus geen verhalen verteld, en Tante Mercy leek in gedachten verzonken en had niet veel tegen hen gepraat. Dus waren zij ook de hele avond stil geweest. Ze had gezegd dat de Nederlandse dokter haar vragen had gesteld; ze had even naar Sam gekeken, maar verder niets meer gezegd. Voordat hij zijn mat had uitgerold en was gaan liggen, had hij nog even het bericht en zijn moeders schouder op de foto aangeraakt met het topje van zijn vinger. Ezelina en Enock hadden snel hun hoofd afgewend toen hij zich omdraaide en ze zag kijken. Hij wist wat hem te doen stond. Toen Tante samen met Chikondi naar het huis van de dokter was vertrokken, ging Macdonald met Mavuto mee. Ezelina en Enock gingen samen ergens heen, al had Ezelina wel gevraagd of hij mee wilde. Toen ze allemaal weg waren liep Sam naar zijn koffer, pakte zijn shirt eruit en spreidde het uit op de tafel. Hij liep nog even naar de deur om te kijken of er niemand aankwam. Daarna pakte hij zijn twee boeken van de plank en zijn gameboy, die hij van het bed had gered waar Enock hem had laten liggen nadat hij eerder geprobeerd had ermee te spelen. Hij drukte op de aanknop. Niets. Drukte nog eens op een knop, schudde er eens mee. Weer niets. Enock moest er zo lang mee hebben gespeeld dat de batterij nu leeg was. Hij gooide de gameboy terug op het bed; hij was nu toch nutteloos. Hij pakte de foto en het bericht van de plank en legde die op de stapel.

Hij dacht even na. De anderen moesten er niet meteen achter komen dat hij weg was. En de foto leek toch niet te werken. Hij liet hem op tafel staan en drukte hard met zijn vuisten tegen zijn ogen – dit was niet de tijd voor tranen.

Hij ging op de grond zitten en trok zijn blauwe sneakers aan, nadat hij ze met zijn hand had afgeveegd. Hij knoopte de uiteinden van zijn shirt om de spullen heen, knoopte ze toen weer los, pakte het doosje met lucifers en legde dat er ook bij; je wist nooit wanneer je die nodig kon hebben. Hij knoopte de uiteinden weer bij elkaar zodat het shirt een tas werd. Hij wikkelde de knoop om zijn vingers en gooide zijn shirttas over zijn schouder, liep de hut uit en ging achterom langs de latrine. Hij liep heel rustig, alsof er niets aan de hand was, langs het ziekenhuis, langs de eierenhut. Hij kwam bij de rand van de missienederzetting en niemand had hem teruggeroepen. Zie je wel? Niemand wil me hier hebben, anders hadden ze me wel opgemerkt, zei hij tegen zichzelf. Hij begon te rennen. Hij sprong over de kuilen die de regen in de nu vastge-bakken modder van het pad had gemaakt. Hij ging eerbiedig wat langzamer lopen toen hij langs de begraafplaats onder de bomen kwam. Niet alleen omdat de vader van Enock en Ezza hier begra-ven lag, maar ook omdat er een groep mannen zat te praten, rou-wend rond een pas toegedekt graf. Eenmaal voorbij het laatste graf van de begraafplaats begon hij weer te rennen. Hij kwam bij een termietenheuvel en leunde er even tegenaan om de steken in zijn zij weg te laten trekken en weer op adem te komen. Er waren hier en daar wat dotten wolken aan de verder strakblauwe hemel, maar er stond totaal geen wind: als je een veer los zou laten zou die recht naar beneden vallen. Niet dat hij een veer had om te laten vallen. Hij had helemaal niets. Dat was niet helemaal waar, dacht hij en hij stelde zich voor dat Brown hem dat vertelde. Hij had het geluk een T-shirt te dragen zonder gaten erin, het geluk shorts te dragen die niet versleten waren. Geluk! Hij snoof.

Hij ging weer rechtop staan. Een fietser hobbelde over een pad aan de andere kant van de termietenheuvel en hij hurkte, hij wilde niet gezien worden. Nieuws ging hier als een lopend vuurtje rond. Nog steeds hurkend keek hij opzij. Daar doemde Mount Mandingwe op, hoog, indrukwekkend, met een afgeplatte top, het oriëntatie-punt dat hij volgens Ezza als gids moest gebruiken. Houd hem rechts van je en je komt weer bij de missie uit, had ze gezegd. Nu lag de berg aan zijn linkerkant.

Hij wilde niet terug naar de missie. Hij ging weg. Maar eerst moest hij nog wat doen.

De fietser was nu uit het zicht verdwenen. Hij stond op en liep van het pad vandaan. Hij wilde niet dat iemand wist waar hij naartoe ging. Als hij links van het hoofdpad afging, een stukje doorliep, dan rechts ging en nog eens rechts, dan zou hij toch min of meer op de goede plek moeten uitkomen.

Hij kwam bij een klein groepje familiehutten en de kippen renden kakelend in het rond omdat hij ze gestoord had. Hij liep om de hutten heen en nu splitste het pad zich. Eén pad liep rechtdoor, het andere liep kronkelend naar links. Geen enkel pad ging naar rechts. Hij krabde verbijsterd op zijn hoofd en besloot dan maar rechtdoor te lopen. Dat pad bracht hem uiteindelijk naar een ander groepje hutten. Lange stengels gesneden suikerriet stonden tegen een hek, maar hij had geen muntje op zak. Hij keek nog even voor de zekerheid. Hij had helemaal geen eten bij zich.

Een vrouw liep om haar hut heen naar voren en zag hem daar staan.

'*Muli bwanje?*' begroette hij haar snel.

'*Ndili bwino, kaia inu,*' antwoordde ze.

'*Ndili bwino. Zikomo,*' antwoordde hij automatisch terwijl hij naar het suikerrietstengels staarde en zich afvroeg hoe hij een stukje kon krijgen zonder geld.

Dat was makkelijk. De vrouw lachte toen ze zag waar hij naar keek.

Ze gaf hem een kort stukje dat was afgebroken. 'Hier,' zei ze. 'Moet je nog ver?'

Hij antwoordde niet maar gaf haar een glimlach als bedankje.

'Heb je je tong verloren?'

Hij probeerde een antwoord te bedenken, maar ze draaide zich al ongeduldig van hem weg. 'Nou, hup dan!'

Dat hoefde ze niet nog een keer te zeggen. Hij beet op het suikerriet. Kauwend en zuigend liep hij verder en kwam weer bij een splitsing. Zou hij nu naar links of naar rechts moeten gaan? 'Waar – is – het? Waar – ben – je?' zei hij bij elke stap die hij zette. En hij ging verder: 'Waar – is – het?' tot er steeds minder bomen om hem heen stonden en hij voor zich uit kon kijken. Hij haalde het suikerriet uit zijn mond en bleef stokstijf staan. Toen begon hij snel te lopen – en ja, dat was een pad. Hij stapte erop en keek om zich heen. Er was geen mens te bekennen.

Hij was waar hij wilde zijn! Daar, aan de andere kant van dat veld, stond die hoge heg. Hij liep er snel langs de rand van het veld naartoe. Eenmaal bij de heg bleef hij lopen tot hij bij het lage gat was aangekomen.

Hij stond stil. Hij keek nog eens om zich heen om er zeker van te zijn dat er niemand aankwam, dat niemand hem kon zien of horen. Hij nam zijn shirttas van zijn schouder en stopte het onaangeroerde stuk van het suikerriet erin. Hij klemde de bundel tegen zijn borst zodat hij niet aan de takken en doornen zou blijven hangen en keek nog een laatste keer om zich heen.

Hij bukte zich en ging naar binnen.

21

Aan de andere kant van het gat kwam Sam overeind en keek om zich heen. Hij stond in een grote open ruimte, die zelfs nog groter was dan de missiekerk, zo groot als een kathedraal, schoot hem te binnen. Maar dit was geen kathedraal. De grond was donkergroen, behalve dan in de zwarte hoeken waar de zon nooit kwam. Het gras en de kleine planten op de grond reikten niet hoger dan zijn knie.

Er was geen briesje om door het gras en de bladeren te waaien, er klonk geen vogelgezang, er waren geen insecten die zoemend langsvlogen. Het was er verlaten. Er waren geen mensen om hem te begroeten. De plek was halfdood, maar voelde ook halflevend aan. Het was er heet en benauwend. Hij keek omhoog, waar de heg veranderde in bomen die zo dicht op elkaar groeiden dat hun takken elkaar boven zijn hoofd ontmoetten en in elkaar vergroeid waren. Hij was alleen. Maar hij kon iets voelen, iets krachtigs, iets anders. De vorige keren dat hij hier in de buurt was geweest had hij gevoeld dat het hem riep, had het hem aangetrokken, en hij had gedacht dat het een veilige plek zou zijn. Nu was hij daar niet meer zo zeker van.

Hij deed een stap naar voren, en nog een, en nog een.

Hij draaide zich snel om, zijn hart bonsde.

Er was niemand. Hij zag niets of niemand, niet achter zich, niet naast zich en ook niet voor zich toen hij zich weer naar de veiligheid van de heg draaide, die dikke groene groeiende muur. En toch was er een aanwezigheid. Het was alsof hij het kloppen van een groot hart kon voelen. Hij wist niet of het goed of slecht was. Als hij daar bleef, niet bewoog, voelde hij dat het iets over hem heen zou kunnen groeien en hem zou kunnen verstikken.

'Je ogen zullen uit je hoofd vallen als straf voor het zien, je oren zullen dichtgestopt zitten voor het horen en je mond zal nooit meer opengaan.'

Ezza's waarschuwing klonk in zijn oren alsof ze naast hem stond en het zei. Maar nu moest hij binnen blijven, hij moest blijven tot hij gedaan had waarvoor hij was gekomen.

Hij legde zijn shirttas op de grond en deed nog een stap naar voren, heel langzaam, heel voorzichtig. Hij wilde niets wakker maken.

Hij stopte, zijn mond droog. Waar kwam die gedachte vandaan?

Hij dwong zichzelf verder te lopen. Voor hem, nu heel dichtbij, kon hij een grote platte steen zien. Hij zou hem gebruiken voor zijn offer. Misschien was hij daar al eerder voor gebruikt, zei een ander stemmetje in zijn hoofd. Hij huiverde.

Hij stond er nu vlak bij. Nog steeds bewoog er niets. Er liep een rilling over zijn rug. Hij moest zich nu niet omdraaien om te kijken, niet voor hij zijn offer had gebracht. Hij ging zitten. Omdat hij zo nerveus was, verloor hij bijna zijn evenwicht, maar hij herstelde zich. Snel trok hij zijn sneakers uit. Hij stond weer op en hield ze ernstig voor zich uit, een op elke hand, de tenen wezen naar de steen. Blauwe sneakers, Amais laatste cadeau aan hem.

'Vertel mijn voorouders alstublieft waar Amai begraven ligt,' fluisterde hij; zijn lippen bewogen nauwelijks, hij wist niet tegen wie of wat hij aan het fluisteren was. Hij zette de sneakers neer in het midden van de lege steen, eerst de linker, dan de rechter. 'En vertel Amai alstublieft waar ik ben. Vertel haar alstublieft dat ik in Mandingwe ben, dat ik in het dorp ben waar zij is geboren.'

Hij wachtte. Hij wist niet waarop . Een teken, misschien.

Zijn hoofdhuid kriebelde. Hij kreeg het koud en begon te zweten. Hij kon bijna geen adem halen.

Hij zou hier niet mogen zijn! Enock had het hem verteld. Ezza had het hem verteld. Wat zou Brown zeggen als hij wist waar hij naartoe was gegaan?

Weg! Ga weg! Een stille stem schreeuwde het uit in zijn hoofd. Hij draaide zich onmiddellijk om en maakte dat hij uit de buurt van de steen kwam, wanhopig proberend geen geluid te maken. Hij raapte zijn bundeltje op en hapte naar adem. Daar, op de grond, lagen botten, drie stuks, gekruist tot een vreemd stapeltje. Hij huiverde weer. Hij klemde zijn bundeltje dicht tegen zijn borst, liep achterstevoren weg, zijn gezicht naar de groene open ruimte. Niets. Helemaal niets. Een groot, machtig niets dat hem zou helpen. Zijn hart bonsde zo snel, zijn bloed ruiste zo in zijn oren, hij wist dat hij gehoord kon worden, hij wist dat iets wist dat hij er was. Of was het een groots en machtig niets dat hem te pakken zou krijgen als hij nu niet maakte dat hij wegkwam? Nu!

Terug. Hij struikelde en viel. Er stak iets in zijn wang. Een puntige tak, laag op de grond. Hij raakte zijn wang aan en zag dat er bloed op zijn hand zat. Hij greep zijn bundel weer vast, die naast de tak op de grond was gevallen, en kwam wankelend overeind; zijn ogen bleven gericht op die grote ruimte om zeker te weten dat er niets naar hem toe zou komen rennen. 'O machtige tokolosh, o machtige geest, laat me gaan. Ik eer u.' Dat gebed kwam ongevraagd bij hem naar boven en over zijn lippen.

Terug ging hij. Hij sprong op toen iets hem in zijn rug prikte. Twijgen! Hij was bij de heg aangekomen!

Hij draaide zich om. Waar was het gat? Hij liep naar links. Hij keek nog eens over zijn schouder. Niets. Nog verder naar links. Geen gat. Huilend liep hij nu naar rechts, verder en verder. Waar was het gat? Sneller, bijna rennend nu, sloeg hij in paniek met zijn handen tegen de heg. Hij probeerde wanhopig vast te stellen waar de begroeiing dunner werd; hij keek niet meer om zich heen. Snel! Snel!

'Amai!' riep hij. De kreet kwam diep vanbinnen, onder uit zijn buik. 'Amai!'

Daar, opeens, naast hem, een straaltje licht. Hij rende ernaartoe. Het gat. Huilend dook hij eronderdoor en hij stond weer aan de andere kant, op het veld.

Hij rende en rende, keek niet waar hij ging, een helling op, weer naar beneden, totdat de steken in zijn zij te erg werden om nog verder te rennen. Hij stond hijgend stil en draaide zich om. Hij kon de hoge donkere heg nu niet meer zien, die was uit het zicht verdwenen. Hij kon ook geen pad of weg zien.

Hij strompelde naar een boom toe, plofte op de grond neer en deed zijn ogen dicht. Als er nu iets achter hem aan kwam, wilde hij het niet zien. 'Amai,' fluisterde hij.

Hij hoorde vogels zingen. Hij opende zijn ogen en staarde naar de lucht. Recht boven hem floot een vogel in zijn vlucht. Er kriebelde iets op zijn arm. Voorzichtig draaide hij zijn hoofd een beetje en hij keek naar beneden. Het was een grassprietje dat bewoog in de bries. Hij keek er verwonderd naar. Hij hief zijn hoofd op. Daar was Mount Mandingwe met zijn wolkendek. Hij was veilig.

22

Sam ging overeind zitten en trok zijn tas naar zich toe. Hij wilde suikerriet.

Het was er niet.

Het moest onderweg uit de tas zijn gevallen. Of op de geheime plek. Maar hij had erge dorst. Hij had het nodig om op te zuigen.

Hij ging er niet voor terug. Echt niet. Dat kon hij niet. Het was geen toevluchtsoord geweest. Hij moest verder reizen.

Hij schoof naar de boom toe en leunde ertegenaan. Toen pas voelde hij hoeveel pijn hij in zijn voeten had. Hij bekeek ze eens. Er zaten sneeën in en hij zag de zwarte uiteinden van doorns. Hij had niet gekeken waar hij rende. Hij likte aan zijn vinger, raakte zijn wang aan, keek naar de vinger. Er zat bloed op, maar gedroogd bloed. Hij likte weer en wreef zachtjes over zijn wang totdat zijn vinger niet meer rood werd en hij niet meer de roestig-zoute smaak van zijn bloed proefde.

Het kostte hem meer tijd om alle doorns uit zijn voet te trekken terwijl de zon hoger en hoger de hemel in klom. Toen ze er eenmaal uit waren, likte hij weer aan zijn vinger en veegde over de wondjes.

Hij leunde achterover en sloot zijn ogen.

De zon bereikte zijn hoogste punt en begon aan zijn langzame afdaling. Sam zat daar maar. Hij bewoog zich niet.

Eindelijk stond hij op. Hij gooide zijn tas over zijn schouder, ploeterde over het ruwe terrein, af en toe struikelend, en probeerde niet in elkaar te krimpen als hij op een wond ging staan. Hij wist niet waar hij naartoe ging. Hij had zo'n dorst, zo'n honger.

Hij kwam bij een maïsveld. Er slingerde een smal pad tussen de hoge planten door. Voor het eerst vroeg hij zich af of Amai hier ook had gelopen, op deze plek, toen ze jong was.

Er was een schittering recht voor hem. Nog eens. Zonlicht op een glanzend voorwerp. Water! Sam vatte moed en begon sneller te lopen.

Het was geen water.

Hij begon half te rennen. Harde bladeren sloegen tegen zijn armen, maar het maakte hem niets uit. Het was iets zwarts en glanzends. Het was een motor. Allan Poots motor.

Hij kwam uit op een smal pad, waar de motor stond. Hij raakte hem aan. Hij voelde warm aan onder zijn vingers, maar was het de warmte van de zon of kwam het doordat de machine net uit was gezet? Er klonk nu geen tikkend geluid zoals eerst, maar misschien betekende dat niets.

Hij keek om zich heen. Geen spoor van Allan, hij zag alleen maar maïsplanten, ook aan de andere kant van de weg. Hij wist niet waar hij precies naartoe ging, op zijn zoektocht naar Amai, maar met een motor zou hij er sneller komen.

Sam dacht dat hij nog wel wist hoe de machine werkte. Hij klom erop. De pedalen zaten een beetje laag voor hem, maar als hij stond kon hij erbij. Nu, dacht hij, gas links, koppeling rechts, draaien. Hij deed het precies zo.

Er gebeurde niets. Hij had het verkeerd gedaan. Hij probeerde het nog eens. Rechts gas, links koppeling.

Geen enkel geluid. Hij trapte het pedaal in.

Het maakte allemaal niet uit. Hij was vergeten dat je een sleutel nodig had om de motor te starten. Dat had Allan als eerste gedaan, herinnerde hij zich nu.

Hij plofte neer op de brede leren zitting neer, ging over het stuur hangen, liet zijn hoofd op zijn armen vallen en huilde.

23

Er schudde iemand zachtjes aan Sams schouder. Hij keek met waterige ogen op.

Het was Allan. 'Waar kom jij zo opeens vandaan, Samuel? Ik ga heel even weg om te plassen en als ik terugkom ben jij daar.'

Sam wees in de richting van de heg en liet daarna zijn arm weer vallen. 'Ik ben tussen de maïs door gekomen,' zei hij. 'Alsjeblieft, heb je misschien wat water?'

Allan opende de bergruimte achter de zitting, pakte er een fles uit en gaf die aan Sam. 'Je hebt dorst, hè?' zei hij toen hij zag hoe snel Sam het water naar binnen klokte. Toen kreeg hij Sams voeten in het oog. 'Je bloedt,' wees hij. 'Misschien had je beter schoenen kunnen aantrekken voor je tussen de maïs door liep.'

Sam gaf geen antwoord. Hij schroefde zorgvuldig de dop weer op de fles.

'Waar zijn die schoenen van je? Ben je ze verloren?'

Sam schudde zijn hoofd maar ontweek Allans blik. 'Je moet niet over het offer spreken,' had Brown hem gewaarschuwd.

'Hm.' Allan bekeek hem, zijn hoofd een beetje schuin. 'Is dit van jou?' Hij raapte de shirttas op die in het stof lag. 'Je bent vandaag niet erg spraakzaam, hè?' merkte hij op toen Sam nog steeds niets zei. Hij woog de bundel op zijn hand en fronste toen zijn wenkbrauwen. 'Ben je weggelopen?' vroeg hij opeens. 'Is dat het?' Hij wachtte, tot Sam eindelijk heel zachtjes 'ja' zei. 'En dacht je dat de motor je zou helpen?'

Sam keek naar hem op, opgelucht dat hij niet bozer klonk. 'Je vertelde me dat Mansa Musa uit de Sahara kwam en dat je er op de motor sneller zou komen.'

'Heb ik dat gezegd? Ging je daarnaartoe? Om Mansa Musa te zoeken?'

Sam liet zijn schouders zakken. Hij schudde zijn hoofd. 'Mansa Musa is dood. Ik denk dat hij al heel lang dood is.'

'En in Mali,' zei Allan, die zich opeens hun vorige gesprek herinnerde. 'Dus waar ging je nu echt heen, jongeman?'

'Ik wil Amai vinden. Ze is hier niet. Ze had hier begraven moeten worden; het is helemaal verkeerd dat dat niet zo is. Ik kan niet met haar praten. Mansa Musa is zijn vader in de woestijn gaan zoeken, om met hem te praten. Als ik met haar kan praten komt het allemaal weer goed.'

'En jij dacht dat je hetzelfde kon doen.'

'Ik ben binnen de hoge heg geweest.' De woorden ontsnapten hem voordat hij ze kon tegenhouden. Hij sloeg een hand voor zijn mond zodat er verder niets meer uit kon komen. Ezza had hem over de vloek verteld. Hij keek Allan smekend aan.

'De hoge heg,' herhaalde Allan kalm. Hij staarde naar Sam zonder te knipperen. 'Die kant op, door de maïs heen?'

'Soms,' ging hij langzaam verder terwijl hij Sam bleef aankijken, 'soms zijn er dingen waar je niet over moet praten, omdat ze heilig zijn. Dingen waar ik misschien van gehoord heb. Dingen,' zei hij, ' die nu niet voor jou zijn omdat je te jong bent. Ik zal het er ook niet over hebben.'

Sam staarde terug. Zo bleven ze alle twee even staan. Het was alsof Allan hem op de een of andere manier op de proef stelde, dacht Sam.

Allan sprak als eerste. Hij opende de bergruimte weer. 'Hier,' hij gaf Sam zijn bundel terug, 'stop die daar maar in.'

Maar er zat al iets in. Onderin, op de bodem, lag iets glads, hards en zwarts. Sam bleef even staan. 'Wat is dat?'

'Wat? O, ik zie het al. Een laptop.'

'Is die van jou?' Sam staarde naar Allan, de man met de flaporen en de lichtere huid, en hij kreeg een akelig vermoeden.

Allan schudde zijn hoofd. 'Nee, hij is van iemand anders.'

Sam werd opeens woedend. Hij stortte zich op Allan, sloeg met zijn vuisten op zijn borst. 'Jij hebt hem gepakt! En je hebt het niemand verteld!'

'Hé, wacht eens even.' Allan greep zijn vuisten beet en hield ze stevig vast. 'Ik heb helemaal niets gepakt. De broer van Mphamvu Bwinji heeft hem gebracht. Hij wilde toegang tot het internet. Hij zei dat hij had gehoord dat dat mogelijk zou zijn met onze telefoonaansluiting op de theefabriek. Maar dat lukt niet, daar heb je een modem voor nodig. Ik heb gezegd dat ik de laptop wel terug zou brengen, tegelijk met nog meer thee voor het ziekenhuis. Ik wilde het eigenlijk gisteren al doen maar ik kon niet wegkomen. Hoe weet jij van de laptop af?'

'Ze denken dat die gestolen is! Ze zeiden dat ik een dief ben, en dat ben ik niet. Dat ben ik niet!'

'Natuurlijk ben je geen dief. Nou kom op, zo is het wel genoeg. Ik ben geen dief en jij ook niet. Mphamvu Bwinji's broer evenmin. Hij had hem geleend, zo simpel is het. Leg je bundel er maar in. Hoe eerder we bij de missie zijn, hoe beter,' zei Allan. 'Ik breng je naar huis.'

'Ik heb geen thuis!' barstte Sam uit. 'Macdonald haat me en Mavuto wil daar wonen maar dat kan niet omdat ik er woon, dus hij haat me ook, en Enock vindt me niet echt aardig want hij vindt Macdonald aardig en hij zei dat ik niet naar –' Hij hield snel zijn mond. 'En Ezza is alleen maar aardig omdat het moet. Ik haat ze ook.'

Allan keek Sam bedachtzaam aan.

'Haat je ze echt? Ik vind Ezza eigenlijk wel aardig, en ik dacht dat jij haar ook aardig vond. Dat leek wel zo te zijn toen ik je laatst tegenkwam.'

'Ze is wel oké,' mompelde Sam, 'denk ik.'

'En je tante. Tante Mercy is het, toch?'

'Zij is gewoon –'

Allan wachtte of Sam nog wat ging zeggen. Toen hij dat niet deed, wees hij naar de motor. 'Kom op, kleine Samuel, erop.'

Sam wilde wat zeggen maar durfde dat niet. Allan klonk zo streng. Allan deed zijn helm op, zwaaide zijn been over de motor heen en ging voor Sam zitten.

'Ik heet geen Samuel!' riep Sam opeens tegen zijn rug.

Allan draaide zich om. 'Is dat zo? Ik dacht eigenlijk van wel.'

Sam schudde zijn hoofd. 'Ik heet Sam.'

'Goed dan, Sam.'

Allan stak zijn duim omhoog. Hij draaide de sleutel om in het contact, draaide, draaide, links, rechts, trapte het pedaal in en ze schoten weg in een wolk stof.

24

Op het pad achter het huis van de dokter stopte Allan. Hij zette de motor uit en stapte af. Verbaasd stapte Sam ook af. Voor Allan zelfs maar zijn helm had kunnen afzetten, kwamen er vier jongens aangerend, ongeveer van Sams leeftijd. Allan haalde de sleutel uit het contact, gooide die in de lucht en stopte hem daarna in zijn broekzak. Er kwamen nog twee jongens bij en een meisje. 'Jullie mogen op de motor zitten terwijl we weg zijn,' zei hij tegen ze, 'maar wees er wel voorzichtig mee, begrepen? Bewaak hem maar voor mij. We komen snel weer terug.'

Hij zette de helm op het hoofd van een van de jongens, maakte het riempje vast en klapte het vizier dicht. 'Zorg jij voor deze? Kom op, Samuel.'

Sam stampvoette. 'Sam!' zei hij.

Allan keek hem koeltjes aan. 'Sam. Sorry. Nou, kom op.'

Hij ging hem voor een pad op, dat eerst langzaam omhoogliep en toen opeens steil werd, door hoog gras en lage twijgen die langs Sams blote benen krasten. Het pad liep langs gevallen takken en een boom en ging nog veel hoger tot ze uiteindelijk bij een richel uitkwamen. De missie lag ver achter hen.

Allan ging zitten en klopte op de grond naast hem. 'Ga zitten.'

Sam ging in het lange gras zitten. Het golfde in het slome briesje en kietelde zijn knieën.

'Ik wil je wat vertellen,' zei Allan. 'Mijn amai ging dood toen ik ongeveer net zo oud was als jij.'

'O.' Sam knaagde op zijn vinger en dacht even na. 'Was je erbij?' vroeg hij voorzichtig.

'Ja. Net als jij. Maar zij is niet in bed gestorven. Het was een auto-ongeluk. Ik werd uit het raam geslingerd en kwam in een veld terecht, en dat was mijn redding. Amai had niet zoveel geluk. Het gebeurde toen ze probeerden haar op te tillen. Dat was het moment dat ze doodging. Ik zag het leven uit haar wegglijden.' Allans woorden kwamen net boven het luide gesjirp van de krekels uit. Sam dacht terug aan het moment dat hij het leven uit Amai weg had zien vloeien, het was in de lucht verdwenen.

Allan ging langzaam verder. 'Ik dacht dat mijn hart zou breken. Het gebeurde toen we in Nederland waren. Daar ligt ze begraven, niet hier. Ik ging vaak naar haar graf toe om tegen haar te praten.' Sam keek recht voor zich uit naar de lucht. Hij zag niet dat Allan heel even naar hem keek.

'Ik lag 's nachts wakker, ik vroeg me af waar ze nu was. Maar mijn vader keek naar me en dan zei hij tegen me dat hij mijn amai in mij zag. Hij zei dat ik haar met me meedraag.'

Daar, heel ver beneden, strekte een plat landschap zich voor hen uit. In de verte kon je een ongelijke lijn heuvels zien liggen, als een vlek tegen de lucht. Net daarboven begon de zon te zakken. Terwijl de donkerrode bal omlaag gleed en wat later de vlek raakte, schoten er oranje, roze en paarse stralen door de lucht.

Naast Sam zuchtte Allan diep. 'Kijk daar eens,' zei hij. 'Kijk naar de wereld. We denken dat we belangrijk zijn. Telkens als mijn problemen me te veel worden, zoek ik een plek als deze op en dan ga ik gewoon zitten kijken. Dan wordt me weer duidelijk dat we allemaal een onderdeel zijn van deze grote wereld.' Strepen lavendel en geel reikten over de vlakte, vingen de glinstering van het water in een rivier, lieten hier een groepje bomen oplichten, daar een stel hutten. 'Toen ik hier terugkwam met mijn vader,' ging hij verder, 'maakte ik me zorgen dat we Amai achterlieten. Maar weet je, zelfs al kon ik niet naar graf gaan, ik kon nog steeds met haar praten.'

Ver onder hen kringelde blauwe rook omhoog van kookvuren

waar mensen hun avondeten aan het bereiden waren. De zon zonk weg achter de heuvels, waardoor die zwart afstaken tegen de donkerpaarse en rode lucht.

'Ik zocht vaak een stille plek als deze op. En als ik daar dan was, kon ik tegen haar praten en had ik het gevoel dat ze naar me luisterde.'

Er blafte een hond in de verte en ergens klonk een antwoord. Het leek op een gesprek.

Sam keek omhoog. 'Amai?' riep hij in zijn hoofd om het uit te proberen.

'Weet je, Sam,' zei Allan, 'als we doodgaan, zijn we niet meer alleen aan de aarde gebonden. We gaan naar de hemel. Maar dat betekent niet dat we weggaan. Het betekent dat we overal zijn, in plaats van alleen op aarde. We zijn waar de mensen die van ons houden willen dat we zijn als ze aan ons denken. En wij zijn in de mensen van wie we gehouden hebben, die zich ons herinneren. De geest van jouw amai zal je vinden.'

Sam plukte een grassriet en keek ernaar, naar de piepkleine haartjes die erop zaten en de kleine tandjes aan de rand. In het wegstervende licht ging het briesje liggen en in de stilte die volgde hoorden ze het geluid van roepende kinderen. Hij herinnerde zich dat toen hij op de geheime plek in zijn angst 'Amai!' had geroepen, hij opeens de weg naar buiten had kunnen vinden.

'Je tante is de zus van je amai, toch?'

Sam knikte.

'Dat betekent dat zij ook wat van je amai in zich heeft. En jij bent de zoon van je amai, hè?'

'Natuurlijk!'

'Dus leeft zij ook in jou voort. Net als je atate. Je amai is altijd bij je, Sam. Ze is in het geheime plekje in je hart.'

'Zelfs al is ze niet hier begraven?'

'Zelfs al is ze niet hier begraven. Maar ze was hier toen ze een klein meisje was. En nu ben jij hier. Je loopt op de paden waar zij heeft gelopen, je ziet de dingen die zij heeft gezien, je ruikt de geur van de bloemen en de aarde die zij ook heeft geroken. Ze heeft stukjes van zichzelf hier achtergelaten. Je moeder was hier, ze groeide hier samen met je tante op.'

Opeens had Sam een haarscherp beeld van zijn moeder toen ze even oud was als hij. Ze leek een beetje op Ezza en een beetje op hem; hij zag haar en Tante op het pad lopen om, net als hij, brandhout te halen.

'Je tante is een goede vrouw. Ze houdt van je. En nu heb je ook nog broers en een zus. Je bent niet alleen.'

Sam knikte langzaam in de groeiende duisternis. Om hen heen sjirpten en zaagden de krekels hun lied.

'Hier.' Allan gaf hem een reep chocola.

'Voor mij?' Het was de eerste keer sinds ten minste een week voor Amais dood dat hij chocola zag. Hij haalde de wikkel eraf, brak de reep in stukjes en stak een stukje uit naar Allan.

Allan pakte het aan. 'Dank je, maar de rest is voor jou.'

Sam aarzelde even, maar pakte de reep toen weer in.

'Neem je zelf geen stukje?'

Hij schudde zijn hoofd. 'Ik bewaar het en deel het straks met de anderen.'

In het donker zag hij niet dat Allan glimlachte.

'Tante blijft me maar Sammy noemen!' zei hij opeens.

Allan lachte. 'Maakt dat iets uit?'

Sam moest ook even lachen. 'Nee. Nee, het maakt niets uit.'

Ze waren weer stil, terwijl de schemering overging in duisternis.

'Amai!' fluisterde Sam.

Een heel zacht warm briesje streek langs zijn wang als antwoord.

Hij legde zijn hand op zijn wang en hield die daar.

'Je kunt hier altijd komen, weet je,' zei Allan. 'Je hebt mij niet nodig om je te brengen. Je tante zal het begrijpen.'

'Ja,' zei Sam.

Vuren gloeiden beneden op de vlakte op als kleine rode spelden-prikjes en de maan toverde een zilvergrijze gloed over het land.

'Kom, Sam.' Allan stond op en stak een hand uit naar Sam, die hem aanpakte.

25

'Ik zal de laptop terugbrengen zodra ik je thuis heb afgezet.' Ze stonden weer bij de motor.

'Nee,' zei Sam. 'Ik wil er zelf naartoe lopen.' Zelf lopen, niet gebracht worden. Hij was er alleen weggegaan. Hij zou alleen terugkeren.

Allan keek hem even aan en knikte toen langzaam. 'Oké. Ik breng je spullen wel als ik naar het ziekenhuis ben geweest. Ga maar.'

Bij elke hut waar Sam langs liep zag hij de gloed van een vuur en rook hij etensgeuren. Zijn maag rammelde, zo'n honger had hij. Maar toen hij de laatste hoek omsloeg op weg naar de hut van Tante, brandde daar geen vuur. Hij zag alleen maar bewegende schaduwen. Het klonk niet alsof er gekookt werd, hij hoorde alleen maar luide stemmen.

Hij ademde diep in, rechtte zijn rug, hield zijn hoofd hoog en sperde zijn neusgaten open, net als Mansa Musa ooit had gedaan. Zo liep hij naar hen toe.

'Sam!' Twee lichamen wierpen zich op hem en hij viel bijna omver. Hij had hen in het donker niet aan zien komen. 'Waar was je? Ik wilde vragen of we samen je boek konden lezen,' zei Enock.

'En toen zagen we dat het weg was,' riep Ezelina.

'En je kwam maar niet toen we je riepen,' zei Enock, 'en een paar van je andere spullen waren ook weg.'

Chikondi kwam naar ze toe gewaggeld. Hij greep naar Sams been. 'Sjam!' Hij viel om.

Sam pakte hem op voordat Chikondi's trillende mondje een verontwaardigde schreeuw kon geven. 'Hé, hallo.'

Hij kreeg een brede grijns als antwoord. 'Sjam.'

Toen was Tante er ook, maar zij lachte niet. Ze greep hem bij zijn arm. 'Waar was je?' Ze schudde hem heen en weer.

Ezelina pakte snel Chikondi van hem over en zette hem op de grond. De peuter stak zijn duim in zijn mond en keek met grote ogen toe.

'Waar ben je geweest? Ik kom thuis en je bent er niet. Ik vraag aan Ezelina of ze weet waar je bent en dat weet ze niet. Ik vraag het aan Enock. Hij weet het niet. Ik vraag het aan Macdonald, zelfs aan Mavuto. Niemand weet het. Waar was je?' Haar stem brak. 'Hoe kon je nu zomaar weggaan zonder iets te zeggen? Ik was gek van bezorgdheid!'

Sam keek haar zenuwachtig aan. Hij hoorde een toon in haar stem die hij nog niet eerder had gehoord. Ze was niet alleen boos; er was nog iets anders.

'En je boeken, je mooie *Reizen van Mansa Musa*. Waar zijn die? Wat heb je ermee gedaan?'

Heel even wist Sam het niet meer. Had hij ze in het veld laten liggen? Toen klaarde zijn gezicht op. 'Allan heeft ze.'

'Allan? Wie mag Allan wel niet zijn?'

'Allan Poot. De man met de motor, Amai,' legde Ezelina uit.

'Hij geeft ons een keer een ritje,' zei Enock.

'Hij heeft Sam en mij meegenomen naar de theefabriek. We hebben het je verteld.'

'Dat klopt.' Tijdens de onderbreking van de tweeling bleef ze Sam aankijken. 'Heb je je boeken aan die man gegeven?'

Hij schudde zijn hoofd. 'Ze zitten in mijn bundel.'

'Je *bundel*?' Ze fronste haar wenkbrauwen. 'En wat heeft die Allan Poot met jou en je bundel te maken?'

'Hij heeft me gevonden en me teruggebracht.'

'En vanwaar dan wel?'

'O –' Maar dat hij kon niet zeggen. Dat wilde hij niet. 'Ik liep op het pad.'

Ze staarde hem aan. 'En waar ging je naartoe?' Haar stem klonk opeens heel zacht. 'Waar, Sammy? Geef antwoord.'

Hij slikte krampachtig. 'Ik ging weg.'

'Weg? O, Sammy. Maar dit is je thuis, hier, bij ons.'

Er rolde een traan over zijn wang, en nog een. Sam boog zijn hoofd en barstte in tranen uit.

Meteen werden er sterke armen om hem heen geslagen die hem stevig vasthielden. Ze wiegde hem heen en weer, ze zei niets, geen woord. Zo bleven ze staan terwijl hij huilde en huilde, een waterval aan tranen. Hij voelde haar borst trillen tegen zijn hoofd toen ze zachtjes een liedje begon te zingen, en ze hem bleef wiegen.

Langzaam droogden zijn tranen en veranderde zijn gesnik in hikken. En toen was er alleen maar het geluid van haar gezang. Andere handen raakten hem aan. 'Sjam?' hoorde hij Chikondi weer zeggen.

'Stil maar, Chik.' Dat was Enock.

Hij voelde Tante Mercy over zijn hoofd heen kijken en haar hoofd schudden. Hij ging weer rechtop staan en draaide zich om. Daar, naast haar, stonden Macdonald en Mavuto.

Sam verstijfde.

'We moeten je iets vertellen,' zei Macdonald.

Sam staarde naar hen vanuit de veilige omarming van zijn tantes armen. Ze liet hem los en duwde hem zacht naar voren. Hij veegde met de rug van zijn hand langs zijn ogen, snoof eens flink en keek hen aan.

Macdonald, op zijn beurt, duwde Mavuto naar voren.

'Ik heb die verdomde sneakers gepakt. Ik was het,' mompelde Mavuto. Hij keek op. 'Macdonald zei dat je dacht dat hij het had gedaan, maar dat is niet zo. Ik heb het gedaan. Macdonald heeft ze weer van mij afgepakt. Hij zei dat ik het niet had moeten doen. En toen geloofde jij hem niet, sufferd.'

Sam keek naar Macdonald, die knikte. 'Dat klopt.'

'Dat heb je niet gezegd.'

'Omdat hij mijn vriend is,' zei Macdonald eenvoudig.

'Het spijt me.' Mavuto keek Sam recht aan.

Tante Mercy aaide Sam over zijn hoofd. Ze knuffelde hem, maar liet hem toen weer los. 'Het zijn geen slechte jongens,' zei ze.

Sam wachtte even of ze nog meer zou zeggen, maar dat deed ze niet.

Sam graaide in zijn broekzak. Hij haalde de chocola tevoorschijn. Zes paar ogen keken toe terwijl hij de chocola voorzichtig in stukjes brak.

'Hier.' Hij gaf het eerste stukje aan Macdonald.

Macdonald knikte stijfjes, stopte de chocola in zijn mond en begon te kauwen. Eerst veranderde er niets aan de uitdrukking op zijn gezicht, maar toen begonnen de hoeken van zijn mond stukje bij beetje omhoog te trekken.

'Het spijt me dat ik je een dief heb genoemd.'

'Geeft niet.' De glimlach verspreidde zich langzaam naar zijn ogen.

Mavuto joelde toen hij als tweede zijn stukje kreeg.

'En ik.' 'En ik.' Enock en Ezelina staken hun hand uit.

'En de laatste is voor jou.' Sam stopte het stukje in Chikondi's mond die hij al open had staan, als een klein vogeltje.

'Kom op allemaal!' Tante Mercy klapte in haar handen. 'Macdonald, leg het hout voor her vuur klaar en steek het aan. Hier zijn wat lucifers.' Ze haalde ze uit de zak van haar rok. 'Ik neem aan dat jij de andere lucifers bij je had,' zei ze tegen Sam.

Hij knikte. 'Ik dacht dat ik ze misschien nodig zou hebben om vuur te maken.'

Tante Mercy draaide zich van hem af, maar niet voordat hij een lachje over haar gezicht had zien flitsen. 'Mavuto! Jij mag vanavond helpen. Enock – pak de bonen.'

'We willen weten waar je geweest bent. Heb je een avontuur beleefd?'

'Enock, ik vraag het niet nog een keer.'

'Zullen we dan samen de boontjes halen, Sam?'

'O, ik heb een beetje rondgewandeld.' Sam wilde niet vertellen waarom hij was weggegaan, of waarnaartoe. Terwijl ze de hut inliepen, schepte hij een beetje op. 'Ik ben eigenlijk best ver gekomen.'

'Hoe ver wilde je gaan? Zou je weer naar huis zijn gekomen als die man je niet op zijn motor terug had gebracht? We waren echt heel bezorgd, hè, Ezza? Helemaal toen het donker werd. Ik bedoel, omdat jij de weg hier niet zo goed weet als wij. En omdat 's nachts de geesten rondlopen.'

'Hoe dan ook, we waren bezorgd,' zei Ezelina. 'Waarom ben je weggegaan? Vanwege je amai? Ze is daar. We hebben haar weer op de plank gezet. Haar foto.'

'Ze is echt heel mooi, jouw amai,' zei Enock. 'Jij hebt een beetje dezelfde neus als zij.'

'En je ogen,' zei Ezelina. 'Waren jullie samen helemaal alleen nadat je atate doodging?'

Sam was verbaasd. Ze klonk geïnteresseerd en zelfs een beetje treurig, dacht Sam.

Ze hoorden het geronk van een motor dichterbij komen. Enock, die op het punt stond de hut uit te rennen met een zak bonen in zijn hand, stond opeens stil, waardoor Ezelina tegen hem aan knalde.

'Hé!' Hij wees naar Sams voeten. 'Waar zijn je sneakers? Zijn ze weer gestolen?'

Sam aarzelde. Hij schudde zijn hoofd. 'Ik ben ze ergens verloren.'

'O.' Enock keek verdrietig. Toen klaarde zijn gezicht op. 'Misschien heeft een geest ze gezien en meegenomen,' veronderstelde hij, terwijl hij achter Sam en Ezelina de hut uit liep. 'Misschien duiken ze vanzelf wel weer op, net als laatst.'

'Hm.' Sam lachte terwijl hij naar het vuur en het eten liep. Hij dacht niet dat dat zou gebeuren.

NAWOORD

Ik wil hier het boek *Land of Dire, Oral Literature from Malawi* noemen. Het is een bundel met verhalen, verzameld door J.M. Schoffeleers en A.A. Roscoe (Popular Publications, Limbe, Malawi). Ik heb een paar passages uit deze verhalen overgenomen en ze door de timmerman aan de kinderen laten vertellen.

Mijn dank gaat ook uit naar Henry en Allan, en naar mijn jonge lezers: Adjoa, Alex en Matt. En verder naar Jean Christophe Boele van Hensbroek en Monique Postma voor hun oordeelkundige en nuttige adviezen.
Het meest dankbaar ben ik Bram en Sascha Sizoo. Zonder hen zou dit boek niet geschreven zijn.

In Malawi is ongeveer veertien procent van de bevolking besmet met het hiv-virus dat tot aids kan leiden, De Ziekte, zoals het daar vaak genoemd wordt, die het immuunsysteem van de patiënten aantast. Terwijl ze steeds zwakker worden, bezwijken ze vaak aan tuberculose, waarbij ze verschrikkelijk hoesten, net als Sams moeder en Brown. In sommige families gaan allebei de ouders dood en dan moet een oudere broer of zus voor de jongere kinderen zorgen. Als ze geluk hebben, neemt een familielid of een van de buren hen in huis om voor hen te zorgen.

Jan Michael